PETITS CLASSIQUES

LAROUSSE

Collection fondée par Félix Guirand, Agrégé des Lettres

W9-BKW-318

L'École des femmes

MOLIÈRE

comédie

Édition présentée,
annotée et commentée
par
Myriam BOUCHARENC
Agrégée de Lettres modernes
Docteur ès Lettres

© Larousse-Bordas, 1998 – ISBN 2-03-871663-3

SOMMAIRE

Avant d'aborder le texte

L'École des femmes
MOLIÈRE

Comment lire l'œuvre

Avant d'aborder le texte

Projet de décor pour L'École des femmes, *par Christian Bérard (1902-1949),
pour la mise en scène de Louis Jouvet, théâtre de l'Athénée, 1936
(Collection particulière, Paris)*

L'École des femmes

Genre : Comédie en vers.

Auteur : Jean-Baptiste Poquelin, dit Molière, auteur dramatique et directeur de troupe (1622-1673).

Structure : « Grande comédie » en cinq actes construite selon les règles de la dramaturgie classique. Alliance de la farce et de la comédie d'intrigue et de caractère. Nombreux monologues et récits, péripéties et quiproquos.

Principaux personnages : Arnolphe est le type du baron tyrannique. Riche bourgeois de quarante-deux ans, misogyne et obsédé par la crainte du cocuage, il découvre l'amour à ses dépens. **Agnès** est une jeune orpheline de dix-sept ans, véritable ingénue dont l'intelligence s'éveille à « l'école de l'amour ». **Horace** est le type du jeune premier de la *commedia dell'arte*. Amoureux imprudent et plein d'élan, il fait le bonheur d'Agnès et le malheur d'Arnolphe.

Sujet : La précaution inutile : Arnolphe envisage d'épouser sa pupille, Agnès, qu'il a fait élever dans un couvent. Il compte sur l'innocence et la soumission de la jeune fille pour se préserver du cocuage. Mais Horace et Agnès se rencontrent à son insu…
L'intrigue amoureuse : Arnolphe se découvre amoureux d'Agnès. Agnès aime Horace…
La confidence imprudente : Horace, ignorant qu'Arnolphe se fait aussi appeler Monsieur de la Souche, lui confie son amour. La jeunesse finira par triompher.

Première représentation : *L'École des femmes* fut jouée pour la première fois par la troupe de Molière au théâtre du Palais-Royal, le 26 décembre 1662. Le décor unique représentait un place de ville et deux maisons sur le devant. La première représentation connut un grand succès aussitôt suivi d'attaques contre la pièce.

Première publication : Le 17 mars 1663, avec une préface de Molière.

MOLIÈRE
(1622-1673)

Portrait de Molière.
École française du XVII siècle.*
Musée des beaux-arts, Orléans.

Un destin tout tracé

1622

Jean-Baptiste Poquelin naît le 15 janvier, rue Saint-Honoré à Paris. Il est l'aîné d'une famille de la bourgeoisie marchande, fils et petit-fils de maîtres tapissiers.

1631

Son père acquiert la charge de tapissier du roi, qui lui donne accès à la cour.

1632

Mort de sa mère, Marie Cressé. Son père se remarie l'année suivante avec Catherine Fleurette, fille d'un maître sellier.

1635-1639 (?)

Il fait ses « humanités » chez les jésuites du collège de Clermont (actuel lycée Louis-le-Grand). Ami du savant Bernier, des écrivains Chapelle et Cyrano de Bergerac, il s'intéresse à la philosophie d'Épicure.

1637

Son père lui transmet la survivance de sa charge de tapissier du roi.

1640-1642

À l'issue de ses études de droit, il obtient sa licence et le titre d'avocat. Son avenir est assuré et le destin de ce fils de bonne famille semble tout tracé, lorsqu'il se « jette dans la comédie » selon le mot de Donneau de Visé, appelé par une vocation aussi impérieuse qu'imprévisible.

La rupture : le temps de l'Illustre Théâtre

1643

Il se lie avec Madeleine Béjart, une comédienne de vingt-quatre ans, et fonde avec la famille Béjart la troupe de l'Illustre Théâtre. Il renonce à sa charge de tapissier du roi.

1644

Jean-Baptiste Poquelin devient acteur, prend le pseudonyme de Molière et la direction de l'Illustre Théâtre.

1645

Après quelques représentations en province et à Paris et de sérieuses difficultés financières, l'Illustre Théâtre fait faillite. Molière et ses amis quittent Paris et se joignent à la troupe de Charles Du Fresnes, sous la protection du duc d'Épernon. Commence alors une vie itinérante.

Les années d'apprentissage : le comédien ambulant

1645-1653

La troupe sillonne la France, jouant avec succès des tragédies contemporaines, notamment de Corneille, des farces tombées dans le domaine public, improvisées à partir d'un canevas, à la manière italienne, ou composées par Molière.

1653-1655

Molière dirige désormais la troupe, qui se produit sous le patronage du prince de Conti, gouverneur du Languedoc.

1655

Première comédie écrite de Molière, jouée à Lyon : *L'Étourdi*.

1656

Le Dépit amoureux, créée à Beziers, dans l'esprit de la *commedia dell'arte*.

1657

Le prince de Conti, libertin notoire sur la voie de la conversion, retire sa protection à la troupe.

Naissance d'un auteur :
la consécration parisienne de l'« illustre Molière »

1658

De retour à Paris, la troupe a trouvé appui auprès de Monsieur, frère du roi, et joue en alternance avec les Comédiens italiens dans la salle du Petit-Bourbon.

1659

Le triomphe des *Précieuses ridicules* consacre le génie de Molière auteur et confirme celui de l'acteur et du metteur en scène.

1660

Sganarelle ou Le Cocu imaginaire. Démolition du Petit-Bourbon sans que la troupe en soit avertie. Le frère de Molière, Jean, meurt. Molière reprend le titre et peut-être la charge de tapissier du roi.

1661

La troupe s'installe au Palais-Royal où Molière restera jusqu'à sa mort. L'échec de *Dom Garcie de Navarre*, comédie héroïque, est contrebalancé par le succès de *L'École des maris*. La même année, *Les Fâcheux*, première comédie-ballet, commandée par Fouquet pour les fêtes du château de Vaux, est jouée devant le roi. C'est la consécration.

L'École des femmes : le tournant de l'œuvre

1662

À 40 ans, Molière épouse Armande Béjart (fille ou sœur de Madeleine ?) de vingt ans plus jeune que lui. Il monte *La Thébaïde* de Racine et donne *L'École des femmes*. Cette première comédie en cinq actes et en vers marque une étape importante dans son œuvre et déclenche une fameuse querelle.

1663

Molière répond à ses détracteurs par *La Critique de « L'École des femmes »* et *L'Impromptu de Versailles*, où il se met en scène faisant répéter sa troupe. L'appui du roi ne suffira plus à le protéger des hostilités grandissantes qui assombriront la période la plus féconde de sa carrière.

Dans les années fécondes : la gloire et ses revers

1664

Louis XIV devient le parrain du premier enfant de Molière et Armande. Au Louvre, le roi danse costumé en Égyptien dans *Le Mariage forcé*, une comédie-ballet qui inaugure la collaboration Molière-Lulli. Succès de *La Princesse d'Élide* pour les divertissements de l'« île enchantée », à Versailles. Une cabale des dévots se met en place contre *Tartuffe*, qui fustige l'hypocrisie religieuse. La pièce est interdite.

1665

Dom Juan aborde le thème du libertinage. Nouvelles critiques du parti dévot. Molière retire sa pièce après quinze représentations. La troupe devient « troupe du roi ». Louis XIV lui commande une pièce pour les fêtes de Versailles, *L'Amour médecin*. Brouille avec Racine qui va porter son *Alexandre* à l'Hôtel de Bourgogne.

1666

Accueil mitigé du *Misanthrope*. Succès du *Médecin malgré lui*.

1667

Première représentation de *L'Imposteur*, version adoucie de *Tartuffe*. La pièce est interdite dès le lendemain.

1668

Succès d'*Amphitryon*. Accueil médiocre de *Georges Dandin* à Versailles. Échec de *L'Avare* au Palais-Royal.

1669

Tartuffe est enfin autorisée et connaît un immense succès à la mesure de sa longue interdiction. Mort du père de Molière. La troupe suit la cour à Chambord où est représentée *Monsieur de Pourceaugnac*.

1670

Une comédie-ballet, *Les Amants magnifiques*. Première triomphale du *Bourgeois gentilhomme*.

1671

Psyché, tragédie-ballet en collaboration avec Quinault, Corneille et Lulli. Molière fait aménager la salle du Palais-Royal pour y jouer la pièce. Rivalité avec Lulli qui vient de créer l'Opéra. *Les Fourberies de Scapin*, *La Comtesse d'Escarbagnas*.

Dernier acte

1672

Mort de Madeleine Béjart. *Les Femmes savantes*. Brouille avec Lulli qui obtient du roi le privilège de tous les spectacles avec musique et ballet.

1673

Dans sa dernière pièce, *Le Malade imaginaire*, comédie-ballet sans commande royale, Molière renoue avec la satire des médecins. Pris de malaise au cours de la quatrième représentation, il meurt à son domicile, rue Richelieu, dans la nuit du 17 février, sans avoir eu le temps de signer le formulaire de renonciation à sa profession de comédien. L'archevêque de Paris lui accorde cependant une dérogation : Molière est enterré religieusement au cimetière Saint-Joseph.

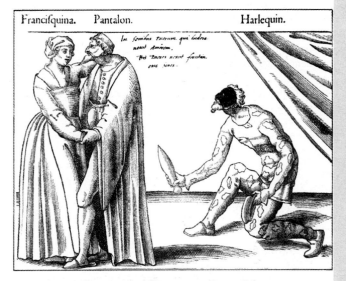

La commedia dell'arte, *gravure du XVIᵉ siècle.*
Recueil Fossard, Bibliothèque nationale, Paris.

CONTEXTES

Le contexte historique et politique

À la mort de Louis XIII en 1643, la couronne revient à un roi qui n'a pas encore cinq ans. La reine mère, Anne d'Autriche, devient régente et accorde sa confiance au cardinal Mazarin. Le pouvoir du ministre italien sera combattu durant les années de la Fronde (1648-1653) par les gens de robe, puis par les princes, qui lui reprochent d'avoir usurpé l'autorité du jeune Louis XIV et de vouloir imposer l'État moderne absolutiste. La paix civile restaurée après l'échec de la Fronde en 1653, la guerre contre l'Espagne continue, la peste frappe une partie du royaume, l'autorité de l'État reste fragile. Le peuple des villes et des campagnes, appauvri par l'impôt, connaît la misère et les famines. La paix des Pyrénées, en 1659, marque la défaite de l'Espagne et le triomphe de Mazarin. Le Roussillon et la Cerdagne reviennent à la France. En gage de paix, Louis XIV épouse l'infante Marie-Thérèse, le 9 juin 1660.

Lorsque Mazarin meurt en 1661, Louis XIV est le plus puissant souverain d'une Europe épuisée par les guerres, désireux, comme les jeunes gens de sa génération, d'oublier les sombres décennies de trouble et d'insécurité, aspirant au retour de la paix, de l'ordre et de la raison. À vingt-deux ans, il entreprend de décider seul du destin du royaume et gouverne sans ministre. Après l'arrestation de Fouquet dont l'excès de pouvoir autant que les malversations déplurent au jeune roi, le soin des finances est confié à Colbert, mais non le titre désormais aboli de surintendant.

Le sort du peuple ne connaît pas de grands changements et la misère paysanne reste écrasante. Le roi place la noblesse directement sous son contrôle, l'occupant aux honneurs de la cour et de l'armée, plus qu'aux affaires. Des bourgeois, comme Colbert, Racine ou Boileau, choisis pour être les historiographes du roi, sont distingués et parfois anoblis par Louis XIV. Molière bénéficiera du soutien royal durant toute la période de scandales qui commence avec *L'École des femmes*. La pièce coïncide avec le début de la période heureuse du règne, marquée par le faste de la vie de cour, l'épanouissement des beaux-arts (la manufacture des Gobelins et le début des travaux de Versailles sont contemporains) et une politique extérieure expansionniste.

La vie des arts et des lettres
Baroque et classicisme

La première période du règne de Louis XIV (1660-1685), dominée par un idéal d'ordre, d'équilibre et d'harmonie coïncide, dans le domaine des arts et de la culture, avec l'apogée du classicisme. Le classicisme est une forme de rationalisme sensible dans le goût des hommes du « Grand Siècle » pour l'exercice de la raison, qu'il s'agisse de l'examen critique ou de l'analyse psychologique. La recherche d'une perfection, tant morale que formelle, débouche sur l'établissement de « règles » permettant d'atteindre un idéal de clarté, de simplicité et d'universalité dans l'expression du beau.

Si le classicisme s'est inspiré des chefs-d'œuvre de l'Antiquité, il ne faut pas pour autant y voir une doctrine passéiste. Malherbe et Descartes, Corneille, puis Pascal, La Fontaine et Boileau se sont faits tour à tour les théoriciens et les artistes d'un classicisme tourné vers la modernité. Le respect des modèles débouche sur une esthétique de l'imitation ou de la codification. Les règles du théâtre classique sont directement inspirées d'Aristote. Le goût pour les classifications s'exprime également à travers les travaux des théoriciens de la langue, comme Vaugelas, ou ceux des grammairiens de Port-Royal.

Le classicisme n'est pas en totale rupture avec le baroque qui l'a précédé et dont il peut apparaître comme l'antithèse.

Terme de joaillerie à l'origine, « baroque » qualifiait une perle irrégulière. Dans le domaine de l'architecture, des arts plastiques et de la littérature, le baroque se définit par une sensibilité au mouvement sous toutes ses formes : métamorphoses, changements, masques et travestissements, foisonnement et diversité. Si l'invention baroque, prolixe en déguisements et en aventures, en ornements de style et en perspectives illusoires, s'oppose à la pureté de l'équilibre classique, ces deux courants n'en ont pas moins coexisté et parfois même chez un même auteur, comme en témoigne précisément l'œuvre de Molière (voir « Quel genre pour *L'École des femmes* ? », p. 18).

Le théâtre au temps de Molière

Le retentissement que pouvait avoir une représentation comme celle de *L'École des femmes* et la querelle sans merci qui s'ensuivit donnent la mesure de la passion du « Grand Siècle » pour le théâtre. L'influence de Louis XIV sur la considération dont jouissent le théâtre et les comédiens fut considérable. Les temps ne sont pas très loin, quand, au début du XVIIe siècle, les gens de théâtre étaient exclus de la plupart des sacrements de l'Église et le théâtre considéré comme un divertissement coupable. Jusqu'en 1629, il n'existe pas de théâtre permanent à Paris. Les représentations sont assurées par des troupes ambulantes. Lorsque Molière arrive de province en 1658, les choses ont bien changé. Il y a alors trois théâtres à Paris :

– **L'Hôtel de Bourgogne**, construit sur l'emplacement d'une demeure seigneuriale de ce nom, dans le quartier des Halles, rue Mauconseil. La troupe des Comédiens du roi ou **Grands Comédiens** loue en permanence cette salle depuis 1629.
– **Le théâtre du Marais**, rue Vieille-du-Temple, où s'est fixée la troupe de ceux qu'on appelle les « **petits comédiens** », fondée par Mondory en 1634. Après le triomphe du *Cid*

(1637), le théâtre survit jusqu'en 1673 en représentant des petites comédies et des pièces à machines.

– Le théâtre du Petit-Bourbon est occupé par la **troupe des Italiens** de Tiberio Fiorelli (Scaramouche) qui joue en italien, à l'improvisade, les canevas de la *commedia dell'arte*. Molière partage la salle avec les Italiens. Elle sera détruite en 1660. **La troupe de Monsieur** s'installera alors au Palais-Royal.

La représentation avait lieu les jours ordinaires (mardi, vendredi et dimanche) ou les jours extraordinaires. Les spectacles étaient annoncés par des affiches de différentes couleurs selon les théâtres. Les troupes faisaient leur propre publicité, par l'intermédiaire de l'« orateur » qui venait haranguer le public à la fin de la représentation. Les programmes étaient le plus souvent doubles, le tragique venant alors avant le comique ou la pièce la plus longue avant la plus courte, comme lorsque *L'École des femmes* était représentée suivie de *La Critique de « L'École des femmes »*.

Hormis à la cour, les représentations avaient lieu en matinée. Elles commençaient rarement à l'heure en raison des nombreux retardataires. Nobles et grands-bourgeois s'installaient dans les loges, la petite bourgeoisie prenait place sur les gradins tandis que le public populaire restait debout au parterre. Certains spectateurs avaient le privilège de s'installer sur la scène, au risque de se confondre avec les acteurs, qui portaient à la comédie des costumes contemporains. La représentation était souvent bruyante, les désordres fréquents et la sortie l'occasion d'empoignades et de querelles.

Les décors multiples sont progressivement remplacés par le décor unique en accord avec la règle d'unité de lieu mise à l'honneur en 1630. L'usage des masques ou de la farine perdure encore au milieu du siècle. La déclamation est pompeuse, ennemie du naturel cher à Molière. Dans ses *Mémoires*, Mlle Poisson évoque ainsi le plus célèbre comédien de la troupe du roi, Monfleury : « Il faisait des tirades de vingt vers de suite et poussait le dernier avec tant de véhémence que cela excitait des brouhahas et des applaudissements qui ne finissaient point. Il était plein de sentiments pathétiques, et quelquefois jusqu'à faire perdre la respiration aux spectateurs. »

Quel genre pour *L'École des femmes* ?

L'héritage préclassique

À certains égards, *L'École des femmes* relève de la comédie préclassique : enlèvement de nuit dans la pure tradition espagnole, escapade, dénouement romanesque, folles péripéties et merveilleuses rencontres. Les tirades, récits et monologues, dont Molière fait un abondant usage, sont des formes théâtrales anciennes. « Il n'y a presque point d'action » faisait remarquer Robinet ; « Tout consiste en des récits que vient faire ou Agnès ou Horace » surenchérit Lysidias dans *La Critique*. Comme dans le théâtre de la première moitié du siècle, Molière tire grand parti des personnages secondaires qu'il utilise à des fins comiques (le notaire) ou romanesques (le couple des pères) ou pour faire contrepoint (le bon sens de Chrysalde s'oppose à la manie d'Arnolphe). Molière fera un usage plus discret, dans les grandes comédies ultérieures, du comique de la farce : les lazzis, les équivoques et les plaisanteries.

La « grande comédie »

L'École des femmes n'en reste pas moins la première pièce de Molière à mériter le nom de « grande comédie ». Les éléments romanesques n'en constituent que la part congrue et, rejetés au cinquième acte, n'altèrent pas la ligne générale. Les péripéties restent liées aux caractères dont elles permettent de souligner l'évolution : la rapide métamorphose d'Agnès est rendue sensible par les récits d'Horace tandis que les monologues d'Arnolphe permettent de peindre l'action du point de vue de son retentissement sur le personnage.

L'intrigue, si bien aménagée soit-elle, devient dès lors secondaire. Lorsqu'on lui reproche les invraisemblances de l'action, Molière réplique qu'il faut en chercher la cause dans l'extravagance d'Arnolphe. En conférant à son comique une profondeur humaine, Molière fonde la véritable comédie de caractère.

L'École des femmes dans l'œuvre de Molière

Le tournant d'une carrière

L'École des femmes marque à la fois un sommet et un tournant dans la carrière de Molière. Un sommet parce que le succès de la pièce vient couronner les brillants débuts parisiens et parachever la notoriété acquise avec Les Précieuses ridicules (1659) et, plus récemment, L'École des maris et Les Fâcheux (1661). Cette dernière pièce, une comédie-ballet commandée par Fouquet, alors surintendant des finances, pour l'inauguration de son château de Vaux, consistait en une série de portraits qui amusèrent le roi au point qu'il fit rejouer la pièce à Fontainebleau. Si Molière connaît déjà la faveur royale au moment de L'École des femmes, la querelle va lui donner l'occasion d'en acquérir les preuves éclatantes. Elle bat son plein lorsque Louis XIV accorde une pension de mille livres à Molière, « en qualité de bel esprit » et lui commande L'Impromptu de Versailles.

Pour faire taire les calomnies dont est accablé le couple de Molière et Armande, il accepte d'être le parrain de leur premier enfant, Louis, né le 19 janvier 1664. L'année suivante, la troupe prendra le titre de Troupe du roi au Palais-Royal, avec 6 000 livres de rentes. Une victoire décisive remportée sur les Grands Comédiens de l'Hôtel de Bourgogne. On peut donc dire que L'École des femmes et ses prolongements ont assuré à Molière un soutien et une reconnaissance décisifs pour la suite de sa carrière.

Mais la querelle est à peine terminée que la première de Tartuffe, le 12 mai 1664, marque le début d'un nouveau combat, plus âpre encore que ne l'avait été le précédent, avec comme principal adversaire cette fois, le parti dévot. De ce point de vue, *L'École des femmes* inaugure, en même temps que la gloire, les revers dont elle sera insépa- rable : les combats sans merci qu'il faudra livrer contre les adversaires, l'exténuant labeur qu'implique la nécessité de satisfaire aux commandes royales et de divertir la cour.

Une œuvre de maturité

Tant par sa facture que par son thème, *L'École des femmes* opère la transition entre les comédies antérieures très proches de la farce et les véritables « grandes comédies » du *Misanthrope* et de *Tartuffe*.

On ne peut manquer d'être frappé par les accueils si diffé- rents de *L'École des maris* et de *L'École des femmes*, appa- remment si proches (voir « Les sources de *L'École des femmes* », p. 26). Dans *L'École des femmes*, Molière renon- ce toutefois à la double intrigue pour mieux se concentrer sur les caractères : le débat sur l'éducation des femmes et le choix d'une épouse reste purement théorique pour Chrysalde, simple observateur d'Arnolphe et extérieur à l'action. Le personnage d'Agnès, plus complexe et moins conventionnel, diffère sensiblement de celui d'Isabelle. Tout se passe comme si Arnolphe ayant vu *L'École des maris* en déduisait que pour qu'il soit moins sot que Sganarelle il fal- lait qu'Agnès soit moins rusée qu'Isabelle. De plus, en s'at- tachant à la peinture du triangle amoureux, *L'École des femmes* accentue l'analyse des caractères qu'elle porte à un degré d'ambiguïté sans précédent dans l'œuvre de Molière.

Aussi a-t-on pu y voir le chef-d'œuvre de l'heureuse matu- rité. Est-ce l'effet de la pétulance d'Horace, de la bonne humeur de Chrysalde, de la fraîcheur et de la poésie naïve d'Agnès ? Il y a, dans cette comédie, un mouvement d'allé- gresse qui ne se retrouvera plus au même degré dans l'amour chimérique et jaloux du misanthrope Alceste pour la mondaine Célimène. Pièce de lune de miel, a-t-on dit.

Il y a, de fait, un éclat de jeunesse et de bonheur en elle comparable à celui qui éclaire *Le Cid* de Corneille et l'*Andromaque* de Racine.

Louis Jouvet dans le rôle d'Arnolphe
au théâtre de l'Athénée en 1936.

VIE	ŒUVRES
1622 Naissance à Paris de Jean-Baptiste Poquelin. **1633-1642** Études au collège de Clermont. Études de droit à Orléans (licence).	
1643-1645 Naissance et faillite de l'Illustre Théâtre, fondé avec Madeleine Béjart.	
1646-1658 La troupe de Molière part en province. Protection du duc d'Épernon, puis du prince de Conti. **1658** Retour à Paris. La troupe devient Troupe de Monsieur et s'installe au Petit-Bourbon.	**1655** À Lyon, *L'Étourdi*. **1656** À Béziers, *Le Dépit amoureux*.
1660 Démolition du Petit-Bourbon.	**1659** *Les Précieuses ridicules*, un triomphe. **1660** *Sganarelle ou Le Cocu imaginaire*.
1661 Molière et sa troupe s'installent au Palais-Royal.	**1661** *Dom Garcie de Navarre. L'École des maris. Les Fâcheux*.
1662 Mariage avec Armande Béjart. **1663** Querelle de *L'École des femmes*.	**1662** *L'École des femmes*. **1663** *La Critique de « L'École des femmes ». L'Impromptu de Versailles*.
1664 Louis XIV parrain du premier enfant de Molière. Début de la collaboration avec Lulli.	**1664** *Le Mariage forcé*. Interdiction de *Tartuffe*.

ÉVÉNEMENTS CULTURELS ET ARTISTIQUES	ÉVÉNEMENTS HISTORIQUES ET POLITIQUES
	1622 Règne de Louis XIII. Richelieu au pouvoir.
1633-1642 Corneille, *Le Cid*, *Cinna*, *Polyeucte*. Galilée, *Discours sur la nouvelle science*. Descartes, *Discours de la méthode*.	**1633-1642** Guerre contre l'Espagne et les impériaux. Début de la guerre civile anglaise. Mort de Richelieu.
1643 Arrivée de Lulli à Paris. Gassendi au Collège de France.	**1643** Mort de Louis XIII. Régence d'Anne d'Autriche et gouvernement de Mazarin.
1646-1658 Mlle de Scudéry, *Clélie*. Scarron, *La Précaution inutile*. Pascal, *Provinciales*.	**1648-1652** La Fronde. **1654** Sacre de Louis XIV.
1658 Dorimont, *Le Festin de Pierre*.	**1658** Victoire des Dunes sur les Espagnols. Mort de Cromwell. **1659** Paix des Pyrénées.
1660 Somaize, *Dictionnaire des précieuses*.	**1660** Mariage de Louis XIV et Marie-Thérèse d'Autriche.
1661 La Fontaine, *Élégie aux nymphes de Vaux*. Début de la construction de Versailles (Le Vau).	**1661** Mort de Mazarin. Règne personnel de Louis XIV. Arrestation de Fouquet.
1662 Corneille, *Sertorius*.	**1662** Colbert ministre.
1663 Le Nôtre dessine le parc de Versailles. Condamnation de Descartes par la Sorbonne.	**1663** Invasion de l'Autriche par les Turcs.
1664 Racine, *La Thébaïde*. La Fontaine, *Contes et nouvelles*.	**1664** Condamnation de Fouquet. Fête des *Plaisirs de l'île enchantée* à Versailles.

Vie	Œuvres
1665 La troupe devient Troupe du roi. Brouille avec Racine.	**1665** *Dom Juan. L'Amour médecin.*
	1666 *Le Misanthrope.* *Le Médecin malgré lui.*
	1668 *Amphitryon.* *Georges Dandin.* *L'Avare.*
1669 Mort du père de Molière.	**1669** Représentation de *Tartuffe.* *Monsieur de Pourceaugnac.*
	1670 *Les Amants magnifiques.* *Le Bourgeois gentilhomme.*
	1671 *Psyché. Les Fourberies de Scapin.* *La Comtesse d'Escarbagnas.*
1672 Mort de Madeleine Béjart. Brouille avec Lulli.	**1672** *Les Femmes savantes.*
1673 Mort de Molière (17 février).	**1673** *Le Malade imaginaire.*

ÉVÉNEMENTS CULTURELS ET ARTISTIQUES	ÉVÉNEMENTS HISTORIQUES ET POLITIQUES
1665 La Rochefoucauld, *Maximes*. Mort du peintre Poussin.	**1665** Peste de Londres.
1666 Boileau, *Satires*.	**1666** Mort d'Anne d'Autriche.
1668 La Fontaine, *Fables* (I à VI). Racine, *Les Plaideurs*. Mort du peintre Mignard.	**1668** Traité d'Aix-la-Chapelle.
1669 Racine, *Britannicus*. Mort du peintre Rembrandt.	
1670 Racine, *Bérénice*. Corneille, *Tite et Bérénice*. Édition des *Pensées* de Pascal.	**1670** Mort de Madame (Henriette d'Angleterre, épouse de Monsieur, frère de Louis XIV).
1671 Début de la construction des Invalides.	**1671** Louis XIV prépare la guerre contre la Hollande.
1672 Racine, *Bajazet*.	**1672** Guerre de Hollande.
1673 Racine, *Mithridate*. Opéra de Lulli, *Cadmus et Hermione*.	**1673** Conquête de la Hollande. Prise de Maastricht.

Qu'on ne dise pas que je n'ai rien dit de nouveau : la disposition des matières est nouvelle ; quand on joue à la paume, c'est une même balle dont joue l'un et l'autre, mais l'un la place mieux...

Pascal, *Pensées*, 1670.

Les sources de *L'École des femmes*

Trop heureux d'y trouver l'occasion d'accuser Molière de plagiat, ses adversaires ont été les premiers à identifier les sources de *L'École des femmes*. Celles-ci concernent principalement l'intrigue qui repose sur l'alliance de deux thèmes traditionnels de la comédie : la précaution inutile et le paradoxe burlesque de l'amant qui fait du mari son confident.

La précaution inutile

La principale source de *L'École des femmes* est une nouvelle espagnole de María de Zayas y Sotomayor (1590-1661) traduite en 1661 par l'auteur comique Paul Scarron, sous le titre *La Précaution inutile* :

Dom Pedre, gentilhomme de Grenade, recueille à sa naissance la petite Laure, fruit de l'infidélité de Séraphine qu'il s'apprêtait à épouser. Il la fait élever dans un couvent loin de toute « connaissance du monde ».

Ses fiançailles rompues, il voyage en Espagne et en Italie où ses mésaventures amoureuses le confirment dans la mauvaise opinion qu'il a des femmes.

Désormais persuadé que seules la sottise et l'ignorance peuvent garantir la vertu d'une femme, il décide d'épouser Laure, de vingt ans sa cadette, fraîchement sortie du couvent.

Obligé de se rendre à la cour, dom Pedre quitte Laure, aussitôt sollicitée par un jeune galant. La jeune femme se laisse séduire et s'empresse de conter l'aventure à dom Pedre de retour. Morale de l'histoire : « Une spirituelle peut être honnête femme d'elle-même [...], une sotte ne le peut, sans le secours d'autrui et sans être bien conduite. »

On aura reconnu le dessin de l'intrigue de *L'École des femmes*, à quelques différences près : dom Pedre est marié et cocu, l'idée selon laquelle « l'amour est un grand maître » n'est pas développée dans la nouvelle, enfin et surtout les rivaux ne se rencontrent pas.

La confidence imprudente

Le thème de l'amant étourdi qui prend son rival pour confident n'est pas nouveau non plus. Il provient certainement de Straparola, écrivain italien du XVIe siècle, auteur d'un recueil de contes qui, traduit sous le titre *Les Nuits facétieuses*, connu un grand succès en France. Molière semble s'être directement inspiré du récit de la quatrième nuit :

Nérin, fils du roi du Portugal, est étudiant à l'université de Padoue lorsqu'il fait la connaissance de maître Raymond Brunel, médecin. Nérin s'éprend, sans la reconnaître, de la femme de son ami qui lui en avait imprudemment vanté et montré les charmes. Il fait alors du mari trompé le confident de ses tumultueuses aventures avec la belle Jeanneton. Pour autant maître Raymond ne réussit pas à confondre Nérin qui, caché dans un coffre ou une garde-robe, réussit toujours à échapper aux poursuites du jaloux, puis retourne au Portugal avec sa belle laissant le mari mort de chagrin.

Tableau de comparaison		
Scarron, *La Précaution inutile*	Straparole, *Les Nuits facétieuses*	Molière *L'École des femmes*
Dom Pedre, marié	Raymond Brunel, marié	Arnolphe, non marié
Dom Pedre, cocu	Raymond Brunel, cocu	Arnolphe, non cocu
Laure, élevée dans un couvent		Agnès, élevée dans un couvent
	Confidences de l'amant au mari	Confidences d'Horace à Arnolphe
Naïveté de Laure	Jeanneton, rouée	Agnès, naïve
Sermons sur les devoirs du mariage		Les Maximes du mariage (acte III, scène 2)

Faire des sources de *L'École des femmes* un chef d'accusation contre Molière, c'est oublier que les modèles eux-mêmes ne sont pas originaux. Straparola s'inspirait déjà du *Décaméron* de Boccace (1313-1375) ; quand Molière donne *L'École des femmes*, Monfleury vient de jouer sa comédie *L'École des cocus ou La Précaution inutile*, une adaptation de la traduction de Scarron.

Outre que l'imitation fait partie intégrante de la création au XVIIᵉ siècle, Molière ne recopie pas servilement ses modèles au souvenir desquels se mêle le répertoire des fabliaux, des farces et des contes populaires : la mauvaise réputation des femmes, les plaisanteries sur le cocuage y sont monnaie courante. Mettant un vers de Corneille dans la bouche d'Arnolphe (v. 642), un pastiche de la langue juridique dans la scène du notaire (acte IV, scène 2) ou un souvenir de la farce dans les scènes de valets, Molière invente librement dans la « disposition des matières ».

Molière à l'école de Molière

« Je suis moi-même la matière de mon livre » disait Montaigne à propos de ses *Essais*. Le théâtre de Molière semble également la principale source de *L'École des femmes*. On peut en effet retracer la genèse de la pièce en suivant l'évolution du thème du cocuage dans les pièces antérieures.

La Jalousie du barbouillé (date inconnue)

Farce inspirée d'un conte du *Décaméron* de Boccace.

L'intrigue repose sur un renversement de situation : comment Angélique, que son mari (le barbouillé) empêche de rentrer au logis sous prétexte de ses escapades, réussit à faire sortir le jaloux et à s'enfermer à son tour dans la maison. Tel est pris qui croyait prendre !

Les types de l'épouse infidèle et du mari jaloux, la linéarité de l'intrigue, la morale de la ruse, montrent bien toute la distance qu'il y a de la simple farce à la complexité de la grande comédie de caractère que sera *L'École des femmes*. Molière n'a pas encore pleinement élaboré le thème.

Sganarelle ou Le Cocu imaginaire (1660)
Comédie en deux actes et en alexandrins.

L'intrigue repose sur une double méprise : Célie aime Lélie mais son père, Georgibus, veut qu'elle épouse Valère. Un jour Célie s'évanouit en contemplant le portrait de son aimé. Sganarelle vient à son secours. La femme de Sganarelle ayant aperçu la scène pense que son mari la trompe. Sganarelle trouve entre les mains de sa femme le portrait de Lélie qu'elle avait ramassé et croit à son tour qu'il est trompé. Le malentendu dissipé, l'époux et l'épouse se réconcilient, Célie et Lélie se marient.

Le thème de l'autorité paternelle et de la résignation au cocuage tel qu'il sera développé par Chrysalde est déjà présent. Le fil de la double inconstance et des trompeuses apparences est encore assez éloigné de celui de la précaution inutile et de la confidence imprudente que Molière met en place dans *L'École des maris*.

L'École des maris (1661)
Comédie en trois actes et en vers.

La pièce est construite sur un parallèle entre les deux frères, Ariste et Sganarelle. Ariste serait plutôt le frère de Chrysalde, qui élève sa pupille Léonor libéralement, tandis que Sganarelle est le frère d'Arnolphe qui, par peur du cocuage, retient Isabelle au logis. Dupé par le stratagème d'Isabelle, Sganarelle perd la face et la partie. Isabelle épouse Valère, et Léonor, Ariste.

L'intrigue est très proche de celle de *L'École des femmes*, ce que ne manquera pas de dénoncer Donneau de Visé estimant que « tous ceux qui l'ont vue sont demeurés d'accord qu'elle est mal nommée et que c'est plutôt l'école des maris que l'école des femmes » (*Les Nouvelles Nouvelles*).

La querelle de *L'École des femmes*
Le contexte : une rivalité de comédiens
À peine arrivée à Paris, la troupe de Molière, alors sous le patronage de Monsieur, frère du roi, est invitée à se produire

devant la cour. Dans la salle des Gardes du vieux Louvre, elle joue *Nicomède*, une pièce de Corneille, suivie d'une farce de Molière, *Le Docteur amoureux*. Les Grands Comédiens de l'Hôtel de Bourgogne assistent à la représentation. Ils s'inquiètent de voir le roi rire à la farce, féliciter Molière et donner « des ordres pour établir sa troupe à Paris » (préface de 1882).

Molière s'installe au Petit-Bourbon où il partage la salle avec les Italiens. Le succès qu'y remporte aussitôt cette troupe de province, hier encore inconnue des Parisiens, finit d'attiser la jalousie des Comédiens du roi.

En novembre 1659, dans *Les Précieuses ridicules*, Molière lance une pointe contre la diction des Grands Comédiens, qui font « ronfler les vers ». C'était railler la « première troupe de France », qui ne l'entendit pas ainsi. Il se peut que les Grands Comédiens aient alors contribué à précipiter le projet de démolition du Petit-Bourbon, espérant ainsi se débarrasser d'une concurrence indésirable.

Le conflit prend vite la forme d'une opposition entre le genre sérieux, noble et tragique d'une part, le genre satirique, burlesque et comique de l'autre. À la « belle comédie » qui instruit et divertit, comme *Le Menteur* de Corneille, à la pastorale héroïque, et à la tragi-comédie, on préfère désormais les farces ou les petites comédies en un acte que la Troupe royale elle-même est obligée de monter pour survivre.

La tragédie ne supporte pas mieux la concurrence de la nouvelle comédie et l'on enregistre un net déclin du genre à partir des années 40. « Pour plaire aujourd'hui / Il faut être Molière, ou faire comme lui », conclut Chevalier dans *Les Amours de Calotin*, une comédie à la défense de Molière.

Grands Comédiens et auteurs en veulent donc à Molière d'avoir ramené au théâtre la farce, qu'ils croyaient abolie. *L'École des femmes* va d'autant plus irriter leur vindicte qu'elle prétend hisser la comédie à la hauteur de la tragédie, en lui empruntant sa facture.

Le succès de la pièce

Les contemporains de Molière, à commencer par ses ennemis mêmes, se sont fait l'écho du succès de *L'École des femmes*, représentée pour la première fois le 26 décembre 1662. Le gazetier Loret, de *La Muse historique*, note qu'il y va « tant de monde / Que jamais sujet important / Pour le voir n'en attira tant » et il ajoute que la pièce « fit rire Leurs Majestés / jusqu'à s'en tenir les côtés ». Pour le seul mois de janvier, la recette s'élève à plus de 1 200 livres. La pièce, qui sera jouée 98 fois du vivant de Molière, compte parmi ses plus grands succès. Du parterre aux loges, des marchands de la rue Saint-Denis, qui se pressent pour voir la pièce, au roi, qui gratifie Molière d'une pension, le triomphe est total.

Malgré ou en raison même de ce succès, la pièce fut très vite critiquée. De l'avis de l'abbé d'Aubignac, la cabale se serait mise en place « dès la première représentation ».

L'École des femmes en procès

• Qui sont les adversaires ?

À la fronde des Grands Comédiens, et la soutenant, il faut joindre celle des auteurs dramatiques, soucieux de subsister ou de parvenir, des nouvellistes, en mal de publicité, des « doctes », férus de règles.

Au moment de la querelle, Donneau de Visé et Boursault ont vingt-cinq ans, Monfleury vingt-quatre. Seul Robinet a dépassé la cinquantaine. Des auteurs, pour la plupart en début de carrière et avides de reconnaissance, saisissent l'occasion qui s'offre de se faire entendre et, sous la forme de conversations, rédigent des libelles satiriques ou dramatiques.

Ils mènent campagne auprès des gens de cour, qui, de l'avis même de Molière, ne semblent pas avoir été très nombreux parmi ses adversaires. En visite chez les grands, Molière donne une soixantaine de représentations de sa pièce, et remporte un franc succès. Outre les courtisans, on tente d'enrôler les dames de qualité dans la cabale en leur faisant valoir que Molière vise à « réduire le beau sexe à la dernière des servitudes » (Robinet, *Le Panégyrique de « L'École des femmes* »). Mais l'abbé du Buisson (voir « Préface », p. 40), qui fréquentait les milieux précieux, fournit son appui à Molière.

• Que reproche-t-on à Molière ?

Les attaques fusent et font feu de tout bois. Elles s'en prennent à l'homme, jugé vaniteux et avide, et à sa vie privée : Molière est accusé d'immoralité et d'impiété, de relations incestueuses avec Armande Béjart (voir « Biographie », p. 11) ; on se raille de ses infortunes conjugales. À l'acteur on reproche ses outrances, et son jeu est tourné en ridicule. La pièce elle-même est longuement et âprement critiquée.

Principaux chefs d'accusation :
– Le plagiat, l'absence d'originalité (voir « Les sources de *L'École des femmes* », p. 26)
– L'immoralité
Mondains et « précieuses façonnières » s'offusquent de ce qu'ils considèrent comme une atteinte au bon goût et aux bienséances. Le « le » d'Agnès a paru « une obscénité qui n'est pas supportable » (Robinet, *Panégyrique*). La « femme potage de l'homme », bouffonnerie dans l'esprit des fabliaux et des farces populaires, les enfants que l'on fait « par l'oreille », et « la tarte à la crème » du corbillon, pris au pied de la lettre par les censeurs de Molière, ont semblé du plus mauvais effet.
Les dévots ne manquent pas de relever l'irrévérence du sermon et des Maximes sur le mariage, dans lesquels Molière, recourant à un comique de parodie, travestit en effet certains thèmes de la prédication chrétienne du mariage.
– Les invraisemblances
Des invraisemblances de détail, aussi bien que de caractère ou de genre, ont été reprochées à Molière. Le « grès » est commenté par Donneau de Visé, dans *Zélinde*, comme un « lourd pavé qu'une femme peut à peine soulever », on déplore le choix du lieu de l'action. Molière est enfin accusé de mélanger les genres : on ne sait si son Arnolphe est comique ou tragique. Dans *Le Portrait du peintre*, de

Boursault, un personnage estime que « le petit chat est mort » ensanglante la scène et rend la pièce tragique…

La défense de Molière

Molière compte à ses côtés de solides défenseurs, à commencer par Boileau (Voir « Destin de l'œuvre », p. 192). Mais aussi Chevalier et Philippe de La Croix qui fait dire à l'un de ses personnages de *La Guerre comique* : « S'est-on jamais mieux diverti à la comédie que depuis [que Molière] est à Paris ? »

Molière entreprend bientôt de se défendre par lui-même, avec *La Critique de « L'École des femmes »*, jouée le 1er juin 1663. Lors de la publication, en août, il a l'habileté de dédier la pièce à la reine mère, Anne d'Autriche, dévote accomplie mais passionnée de théâtre. La comédie met en scène adversaires et défenseurs donnant leur avis sur la pièce. Cette reconstitution, qui permet de faire connaître les critiques adressées à Molière et d'y répondre par l'intermédiaire des personnages, permet aussi à l'auteur d'exposer sa conception de l'art dramatique, tout en fournissant un nouvel exemple de sa maîtrise du théâtre.

L'animosité de ses ennemis est encore accrue par le brillant de la riposte. *La Critique* va donner lieu à des attaques de plus en plus basses et faire nettement se déplacer la querelle sur le terrain de la vie privée. La réponse de Molière ne tarde pas. Le 18 ou le 19 octobre 1663, *L'Impromptu de Versailles*, comédie dans la comédie, est jouée à Versailles (d'où son titre). Ce sera la dernière riposte de Molière.

Isabelle Carré (Agnés) et Jacques Weber (Arnolphe), dans la mise en scène de Jean-Luc Boutté au théâtre Hébertot, 1992.

Chronologie de la querelle	
Molière et ses défenseurs	**Les adversaires**
1er janvier 1663 Boileau, *Stances sur « L'École des femmes ».*	
	5 février 1663 Donneau de Visé, *Les Nouvelles Nouvelles.*
1er juin 1663 Molière, *La Critique de « L'École des femmes ».*	
	4 août 1663 Donneau de Visé, *Zélinde ou La Véritable Critique* *de « La Critique ».*
18 ou 19 octobre 1663 Molière, *L'Impromptu de Versailles.*	
	17 novembre 1663 Boursault, *Le Portrait du peintre ou La Contre-* *Critique de « L'École des femmes ».*
	30 novembre 1663 Robinet, *Le Panégyrique de « L'École des* *femmes » ou Conversation comique* *sur les œuvres de M. Molière.*
	7 décembre 1963 Donneau de Visé, *Réponse à « L'Impromptu de Versailles »* *ou La Vengeance des marquis.*
	19 janvier 1664 Montfleury, *L'Impromptu de l'hôtel de Condé.*
Février 1664 Chevalier, *Les Amours de Calatin.*	
17 mars 1664 Philippe de La Croix, *La Guerre comique, ou La Défense de* *« L'École des femmes ».*	

Portrait de Molière,
aquarelle de l'école française du XVII⁰ siècle.
Musée des beaux-arts, Orléans.

L'École
des femmes

MOLIÈRE

comédie

*représentée pour la première fois
le 26 décembre 1662*

ÉPÎTRE

À Madame[1]

MADAME,

Je suis le plus embarrassé homme du monde[2] lors qu'il me faut
dédier un livre, et je me trouve si peu fait au style d'épître dédicatoire que je ne sais par où sortir de celle-ci. Un autre auteur
qui serait à ma place trouverait d'abord cent belles choses à dire
à VOTRE ALTESSE ROYALE sur le titre de *L'École des femmes* et
l'offre qu'il vous en ferait. Mais pour moi, MADAME, je vous
avoue mon faible[3]. Je ne sais point cet art de trouver des rapports entre des choses si peu proportionnées ; et, quelques belles
lumières que mes confrères les auteurs me donnent tous les jours
sur de pareils sujets, je ne vois point ce que VOTRE ALTESSE
ROYALE pourrait avoir à démêler avec la comédie que je lui présente. On n'est pas en peine, sans doute, comment[4] il faut faire
pour vous louer. La matière, MADAME, ne saute que trop aux
yeux, et, de quelque côté qu'on vous regarde, on rencontre gloire
sur gloire et qualités sur qualités. Vous en avez, MADAME, du
côté du rang et de la naissance, qui vous font respecter de toute
la terre. Vous en avez du côté des grâces et de l'esprit et du
corps, qui vous font admirer de toutes les personnes qui vous
voient. Vous en avez du côté de l'âme, qui, si l'on ose parler
ainsi, vous font aimer de tous ceux qui ont l'honneur d'appro-

---

1. **Madame** : Henriette d'Angleterre (1644-1670), épouse de Monsieur (Philippe,
duc d'Orléans, frère de Louis XIV). Esprit fin et cultivé, elle encourageait les
écrivains. Racine lui dédia *Andromaque*.
2. **Le plus embarrassé homme du monde** : l'homme le plus embarrassé du monde.
3. **Faible** : insuffisance.
4. **Comment** : de savoir comment (latinisme).

cher de vous, je veux dire cette douceur pleine de charmes dont vous daignez tempérer la fierté des grands titres que vous portez ; cette bonté toute obligeante, cette affabilité généreuse, que vous faites paraître pour tout le monde[1], et ce sont particulièrement ces dernières pour qui je suis, et dont je sens fort bien que je ne me pourrai taire quelque jour. Mais, encore une fois, MADAME, je ne sais point le biais de faire entrer ici des vérités si éclatantes, et ce sont choses, à mon avis, et d'une trop vaste étendue et d'un mérite trop relevé pour les vouloir[2] renfermer dans une épître et les mêler avec des bagatelles. Tout bien considéré, MADAME, je ne vois rien à faire ici pour moi que de dédier simplement ma comédie, et de vous assurer, avec tout le respect qu'il m'est possible, que je suis de VOTRE ALTESSE ROYALE, MADAME,

le très-humble, très-obéissant et très-obligé serviteur,

J.-B. MOLIÈRE.

---

1. L'éloge est de règle dans la rhétorique dédicatoire. Il traduit ici sans exagération l'estime de ses contemporains pour cette personnalité d'exception, ainsi qu'en témoigne Bossuet dans son *Oraison funèbre d'Henriette d'Angleterre*.
2. **Les vouloir** : nous adopterions aujourd'hui l'ordre syntaxique inverse : vouloir les.

PRÉFACE

Bien des gens[1] ont frondé[2] d'abord cette comédie ; mais les rieurs ont été pour elle, et tout le mal qu'on en a pu dire n'a pu faire qu'elle n'ait eu un succès[3] dont je me contente. Je sais qu'on attend de moi, dans cette impression, quelque préface qui réponde aux censeurs, et rende raison de mon ouvrage ; et sans doute que je suis assez redevable à toutes les personnes qui lui ont donné leur approbation pour me croire obligé de défendre leur jugement contre celui des autres ; mais il se trouve qu'une grande partie des choses que j'aurais à dire sur ce sujet est déjà dans une dissertation[4] que j'ai faite en dialogue, et dont je ne sais encore ce que je ferai. L'idée de ce dialogue, ou, si l'on veut, de cette petite comédie, me vint après les deux ou trois premières représentations de ma pièce. Je la dis, cette idée, dans une maison où je me trouvai un soir, et d'abord une personne de qualité[5], dont l'esprit est assez connu dans le monde, et qui me fait l'honneur de m'aimer, trouva le projet assez à son gré, non seulement pour me solliciter d'y mettre la main, mais encore pour l'y mettre lui-même ; et je fus étonné que deux jours après il me montra toute l'affaire exécutée d'une manière, à la vérité, beaucoup plus galante et plus spirituelle que je ne puis faire, mais où je trouvai des choses trop avantageuses pour moi ; et j'eus peur

---

1. **Bien des gens :** les ennemis de Molière dans la « querelle de *L'École des femmes* » (voir p. 29).
2. **Ont frondé :** ont critiqué (sens figuré). Le verbe *fronder* (au sens propre : lancer avec une fronde) rappelle la récente actualité des Frondes qui ont pris fin en 1653.
3. *L'École des femmes* connut un immense succès, au dire même des adversaires de Molière. « Tout le monde y a couru », avoue Donneau de Visé dans sa pièce *Les Nouvelles Nouvelles*.
4. **Dissertation :** Molière désigne ainsi *La Critique de « L'École des femmes »*, comédie en un acte et en prose, représentée au Palais-Royal, le 1er juin 1663.
5. **Une personne de qualité :** il s'agit de l'abbé du Buisson, « un homme de qualité qui a autant d'esprit qu'on en peut avoir ; il fait des vers avec toute la facilité imaginable » (Somaize, *Dictionnaire historique des précieuses*).

que, si je produisais cet ouvrage sur notre théâtre, on ne m'accusât d'abord d'avoir mendié les louanges qu'on m'y donnait. Cependant cela m'empêcha, par quelque considération, d'achever ce que j'avais commencé. Mais tant de gens me pressent tous les jours de le faire que je ne sais ce qui en sera, et cette incertitude est cause que je ne mets point dans cette préface ce qu'on verra dans *La Critique*, en cas que je me résolve à la faire paraître. S'il faut que cela soit, je le dis encore, ce sera seulement pour venger le public du chagrin[1] délicat de certaines gens : car, pour moi, je m'en tiens assez vengé par la réussite de ma comédie, et je souhaite que toutes celles que je pourrai faire soient traitées par eux comme celle-ci, pourvu que le reste suive de même.

---

1. **Chagrin :** irritation, mauvaise humeur.

Personnages

ARNOLPHE   *tuteur d'Agnès, se faisant appeler Monsieur de la Souche.*

AGNÈS   *jeune fille innocente adoptée et élevée par Arnolphe.*

HORACE   *amant d'Agnès.*

ALAIN   *paysan, valet d'Arnolphe.*

GEORGETTE   *paysanne, servante d'Arnolphe.*

CHRYSALDE   *ami d'Arnolphe.*

ENRIQUE   *beau-frère de Chrysalde.*

ORONTE   *père d'Horace et ami d'Arnolphe.*

Un notaire.

La scène est dans une place de ville.

ACTE PREMIER

SCÈNE PREMIÈRE. CHRYSALDE, ARNOLPHE.

CHRYSALDE
Vous venez, dites-vous, pour lui donner la main[1] ?

ARNOLPHE
Oui, je veux terminer la chose dans demain[2].

CHRYSALDE
Nous sommes ici seuls, et l'on peut, ce me semble,
Sans crainte d'être ouïs, y discourir ensemble.
5 Voulez-vous qu'en ami je vous ouvre mon cœur ?
Votre dessein pour vous me fait trembler de peur ;
Et, de quelque façon que vous tourniez l'affaire,
Prendre femme est à vous un coup bien téméraire.

ARNOLPHE
Il est vrai, notre ami, peut-être que chez vous
10 Vous trouvez des sujets de crainte pour chez nous ;
Et votre front, je crois, veut que du mariage
Les cornes[3] soient partout l'infaillible apanage[4].

CHRYSALDE
Ce sont coups du hasard, dont on n'est point garant[5]
Et bien sot, ce me semble, est le soin qu'on en prend.
15 Mais, quand je crains pour vous, c'est cette raillerie
Dont cent pauvres maris ont souffert la furie ;
Car enfin vous savez qu'il n'est grands ni petits
Que de votre critique on ait vus garantis ;
Car vos plus grands plaisirs sont, partout où vous êtes,

---

1. **Lui donner la main** : l'épouser.
2. **Dans demain** : dès demain.
3. **Cornes** : dans la tradition des fabliaux, symbole des maris trompés.
4. **L'apanage** : le propre de.
5. **Garant** : garanti.

20 De faire cent éclats des intrigues secrètes...

ARNOLPHE

Fort bien : est-il au monde une autre ville aussi
Où l'on ait des maris si patients qu'ici ?
Est-ce qu'on n'en voit pas de toutes les espèces,
Qui sont accommodés chez eux de toutes pièces[1] ?
25 L'un amasse du bien, dont sa femme fait part
À ceux qui prennent soin de le faire cornard[2],
L'autre, un peu plus heureux, mais non pas moins infâme[3],
Voit faire tous les jours des présents à sa femme,
Et d'aucun soin[4] jaloux n'a l'esprit combattu
30 Parce qu'elle lui dit que c'est pour sa vertu.
L'un fait beaucoup de bruit, qui ne lui sert de guères[5] ;
L'autre en toute douceur laisse aller les affaires,
Et, voyant arriver chez lui le damoiseau[6],
Prend fort honnêtement ses gants et son manteau.
35 L'une de son galant[7], en adroite femelle,
Fait fausse confidence à son époux fidèle,
Qui dort en sûreté sur un pareil appas,
Et le plaint, ce galant, des soins qu'il ne perd pas ;
L'autre, pour se purger[8] de sa magnificence,
40 Dit qu'elle gagne au jeu l'argent qu'elle dépense,
Et le mari benêt, sans songer à quel jeu,
Sur les gains qu'elle fait rend des grâces à Dieu.
Enfin ce sont partout des sujets de satire ;
Et, comme spectateur, ne puis-je pas en rire ?
45 Puis-je pas[9] de nos sots...

---

1. **Accommodés chez eux de toutes pièces** : traités de la pire manière.
2. **Cornard** : qui porte des cornes (voir note 3 p. 43) : cocu.
3. **Infâme** : déshonoré.
4. **Soin** : souci.
5. **De guères** : guère.
6. **Damoiseau** : jeune coquet séducteur des dames (péjoratif).
7. **Galant** : jeune homme qui fait la cour aux femmes.
8. **Se purger** : se disculper.
9. **Puis-je pas** : ellipse de « ne » dans les interrogations directes, fréquente au XVIIe siècle, surtout dans la langue comique.

CHRYSALDE
          Oui ; mais qui rit d'autrui
Doit craindre qu'en revanche on rie aussi de lui.
J'entends parler le monde, et des gens se délassent
À venir débiter les choses qui se passent ;
Mais, quoi que l'on divulgue aux endroits où je suis,
50 Jamais on ne m'a vu triompher de ces bruits ;
J'y suis assez modeste[1] ; et, bien qu'aux occurrences[2]
Je puisse condamner certaines tolérances,
Que mon dessein ne soit de souffrir[3] nullement
Ce que d'aucuns[4] maris souffrent paisiblement,
55 Pourtant je n'ai jamais affecté[5] de le dire :
Car enfin il faut craindre un revers de satire
Et l'on ne doit jamais jurer, sur de tels cas,
De ce qu'on pourra faire ou bien ne faire pas.
Ainsi, quand à mon front, par un sort qui tout mène,
60 Il serait arrivé quelque disgrâce humaine,
Après mon procédé, je suis presque certain
Qu'on se contentera de s'en rire sous main[6] ;
Et peut-être qu'encor j'aurai cet avantage
Que quelques bonnes gens diront que c'est dommage.
65 Mais de vous, cher compère, il en est autrement :
Je vous le dis encor, vous risquez diablement.
Comme sur les maris accusés de souffrance[7]
De tout temps votre langue a daubé d'importance[8],
Qu'on vous a vu contre eux un diable déchaîné,
70 Vous devez marcher droit pour n'être point berné ;
Et, s'il faut que sur vous on ait la moindre prise,

---

1. **Modeste** : réservé.
2. **Aux occurrences** : à l'occasion.
3. **Souffrir** : supporter.
4. **D'aucuns** : certains.
5. **Affecté** : pris plaisir.
6. **Sous main** : secrètement, en cachette.
7. **Souffrance** : tolérance, complaisance excessive.
8. **A daubé d'importance** : s'est raillé avec suffisance.

Gare qu'aux carrefours on ne vous tympanise[1].
Et...

ARNOLPHE

Mon Dieu, notre ami, ne vous tourmentez point ;
Bien huppé qui[2] pourra m'attraper sur ce point.
75 Je sais les tours rusés et les subtiles trames
Dont, pour nous en planter[3], savent user les femmes,
Et comme on est dupé par leurs dextérités ;
Contre cet accident j'ai pris mes sûretés,
Et celle que j'épouse a toute l'innocence
80 Qui peut sauver mon front de maligne influence.

CHRYSALDE

Et que prétendez-vous qu'une sotte, en un mot...

ARNOLPHE

Épouser une sotte est pour n'être point sot[4].
Je crois, en bon chrétien, votre moitié fort sage ;
Mais une femme habile[5] est un mauvais présage,
85 Et je sais ce qu'il coûte à de certaines gens
Pour avoir pris les leurs avec trop de talents.
Moi, j'irais me charger d'une spirituelle
Qui ne parlerait rien que cercle[6] et que ruelle[7],
Qui de prose et de vers ferait de doux écrits,
90 Et que visiteraient marquis et beaux esprits,
Tandis que, sous le nom du mari de Madame,
Je serais comme un saint que pas un ne réclame[8] ?
Non, non, je ne veux point d'un esprit qui soit haut,
Et femme qui compose en sait plus qu'il ne faut.

---

1. **Tympaniser** : railler, décrier publiquement.
2. **Bien huppé qui** : bien malin qui.
3. **Pour nous en planter** : pour nous planter des cornes.
4. **Sot** : cocu ; **sotte** : innocente.
5. **Habile** : intelligente, instruite, expérimentée, par opposition à « ignorante ».
6. **Cercle** : réunion mondaine.
7. **Ruelle** : alcôve où les précieuses recevaient leurs invités.
8. **Comme un saint que pas un ne réclame** : expression proverbiale : comme un saint oublié que personne ne prie.

95 Je prétends que la mienne, en clartés peu sublime,
Même ne sache pas ce que c'est qu'une rime,
Et s'il faut qu'avec elle on joue au corbillon[1],
Et qu'on vienne à lui dire à son tour : « Qu'y met-on ? »
Je veux qu'elle réponde : « Une tarte à la crème » ;
100 En un mot qu'elle soit d'une ignorance extrême ;
Et c'est assez pour elle, à vous en bien parler,
De savoir prier Dieu, m'aimer, coudre et filer.

CHRYSALDE
Une femme stupide est donc votre marotte ?

ARNOLPHE
Tant, que j'aimerais mieux une laide bien sotte
105 Qu'une femme fort belle avec beaucoup d'esprit.

CHRYSALDE
L'esprit et la beauté...

ARNOLPHE
L'honnêteté suffit.

CHRYSALDE
Mais comment voulez-vous, après tout, qu'une bête
Puisse jamais savoir ce que c'est qu'être honnête ?
Outre qu'il est assez ennuyeux, que je crois,
110 D'avoir toute sa vie une bête avec soi,
Pensez-vous le bien prendre[2], et que sur votre idée
La sûreté d'un front puisse être bien fondée ?
Une femme d'esprit peut trahir son devoir ;
Mais il faut, pour le moins, qu'elle ose le vouloir ;
115 Et la stupide au sien peut manquer d'ordinaire
Sans en avoir l'envie, et sans penser le faire.

---

1. **Corbillon :** jeu de société où l'on doit répondre à la question « Corbillon, qu'y met-on ? » par un mot rimant en on. Au sens premier un corbillon est un panier à pâtisseries.
2. **Le bien prendre :** prendre le problème comme il faut.

ARNOLPHE

À ce bel argument, à ce discours profond,
Ce que[1] Pantagruel à Panurge répond :
Pressez-moi de me joindre à femme autre que sotte ;
120 Prêchez, patrocinez[2] jusqu'à la Pentecôte,
Vous serez ébahi, quand vous serez au bout,
Que vous ne m'aurez rien persuadé du tout.

CHRYSALDE

Je ne vous dis plus mot.

ARNOLPHE

       Chacun a sa méthode.
En femme, comme en tout, je veux suivre ma mode.
125 Je me vois riche assez pour pouvoir, que je croi,
Choisir une moitié qui tienne tout de moi
Et de qui la soumise et pleine dépendance
N'ait à me reprocher aucun bien[3] ni naissance[4].
Un air doux et posé, parmi d'autres enfants,
130 M'inspira de l'amour pour elle dès quatre ans :
Sa mère se trouvant de pauvreté pressée,
De la lui demander il me vint la pensée,
Et la bonne paysanne[5], apprenant mon désir,
À s'ôter cette charge eut beaucoup de plaisir.
135 Dans un petit convent[6], loin de toute pratique[7],
Je la fis élever selon ma politique,
C'est-à-dire ordonnant quels soins on emploierait
Pour la rendre idiote[8] autant qu'il se pourrait.
Dieu merci, le succès a suivi mon attente.

---

1. **Ce que** : ellipse de « je dirais » ; Pantagruel dit à Panurge : « Prêchez et patrocinez d'ici à la Pentecôte, enfin vous serez ébahi comment rien ne m'aurez persuadé... » (Rabelais, *Tiers Livre*, ch. V).
2. **Patrocinez** : plaidez (comme un avocat).
3. **Bien** : dot.
4. **Naissance** : naissance noble.
5. **Paysanne** : prononciation en deux syllabes : « pai-sanne ».
6. **Convent** : fréquente orthographe de « couvent » au XVIIe siècle.
7. **Pratique** : relation sociale.
8. **Idiote** : simple, ignorante. Sens moins fort qu'aujourd'hui.

140 Et, grande, je l'ai vue à tel point innocente
Que j'ai béni le Ciel d'avoir trouvé mon fait[1],
Pour me faire une femme au gré de mon souhait.
Je l'ai donc retirée, et, comme ma demeure
À cent sortes de monde est ouverte à toute heure,
145 Je l'ai mise à l'écart, comme il faut tout prévoir,
Dans cette autre maison, où nul ne me vient voir ;
Et, pour ne point gâter sa bonté naturelle,
Je n'y tiens que des gens tout aussi simples qu'elle.
Vous me direz : « Pourquoi cette narration ? »
150 C'est pour vous rendre instruit de ma précaution.
Le résultat de tout est qu'en ami fidèle,
Ce soir, je vous invite à souper avec elle :
Je veux que vous puissiez un peu l'examiner,
Et voir si de mon choix on me doit condamner.

CHRYSALDE

155 J'y consens.

ARNOLPHE

          Vous pourrez, dans cette conférence
Juger de sa personne et de son innocence.

CHRYSALDE

Pour cet article-là, ce que vous m'avez dit
Ne peut...

ARNOLPHE

          La vérité passe encor mon récit.
Dans ses simplicités[2] à tous coups je l'admire[3],
160 Et parfois elle en dit dont je pâme de rire.
L'autre jour (pourrait-on se le persuader ?)
Elle était fort en peine, et me vint demander
Avec une innocence à nulle autre pareille,
Si les enfants qu'on fait se faisaient par l'oreille.

---

1. **Mon fait :** mon affaire.
2. **Ses simplicités :** les manifestations de sa simplicité.
3. **Je l'admire :** je m'étonne.

CHRYSALDE

165 Je me réjouis fort, Seigneur Arnolphe...

ARNOLPHE

Bon !

Me voulez-vous toujours appeler de ce nom ?

CHRYSALDE

Ah ! malgré que j'en aie[1], il me vient à la bouche,
Et jamais je ne songe à Monsieur de la Souche.
Qui diable vous a fait aussi vous aviser,
170 À quarante et deux ans, de vous débaptiser,
Et d'un vieux tronc pourri de votre métairie[2]
Vous faire dans le monde un nom de seigneurie[3] ?

ARNOLPHE

Outre que la maison par ce nom se connaît,
La Souche plus qu'Arnolphe à mes oreilles plaît.

CHRYSALDE

175 Quel abus de quitter le vrai nom de ses pères
Pour en vouloir prendre un bâti sur des chimères !
De la plupart des gens c'est la démangeaison ;
Et, sans vous embrasser dans la comparaison,
Je sais un paysan qu'on appelait Gros-Pierre,
180 Qui, n'ayant pour tout bien qu'un seul quartier de terre,
Y fit tout à l'entour faire un fossé bourbeux,
Et de Monsieur de l'Isle[4] en prit le nom pompeux.

ARNOLPHE

Vous pourriez vous passer d'exemples de la sorte ;
Mais enfin de la Souche est le nom que je porte,
185 J'y vois de la raison, j'y trouve des appas,
Et m'appeler de l'autre est ne m'obliger pas[5].

---

1. **Malgré que j'en aie** : malgré mes efforts.
2. **Métairie** : exploitation agricole dont les fruits et récoltes sont partagés entre le propriétaire et l'exploitant.
3. **Seigneurie** : domaine sous l'autorité d'un seigneur.
4. **Monsieur de l'Isle** : allusion précise au frère de Corneille qui prit le nom de Thomas de l'Isle.
5. **Ne m'obliger pas** : me déplaire.

CHRYSALDE

Cependant la plupart ont peine à s'y soumettre
Et je vois même encor des adresses de lettre...

ARNOLPHE

Je le souffre aisément de qui n'est pas instruit :
190 Mais vous...

CHRYSALDE

Soit. Là-dessus nous n'aurons point de bruit[1],
Et je prendrai le soin d'accoutumer ma bouche
À ne plus vous nommer que Monsieur de la Souche.

ARNOLPHE

Adieu. Je frappe ici pour donner le bonjour
Et dire seulement que je suis de retour

CHRYSALDE, *s'en allant*

195 Ma foi, je le tiens fou[2] de toutes les manières.

ARNOLPHE

Il est un peu blessé[3] sur certaines matières.
Chose étrange de voir comme avec passion
Un chacun est chaussé[4] de son opinion !
Holà !...

---

1. **Bruit :** querelle.
2. **Je le tiens fou :** je le tiens pour fou.
3. **Blessé :** fou.
4. **Chaussé :** entêté.

REPÈRES

• Quels sont les sujets de conversation abordés par Arnolphe et Chrysalde ? Montrez que l'intention de communication d'Arnolphe varie d'un moment à l'autre de la conversation.
• Quand commence l'action ? Où se situe-t-elle ? Quelles sont les contraintes scéniques liées à l'unité de lieu ?
• À la fin de la scène, connaissons-nous le nom, la condition sociale, le caractère et les intérêts de tous les personnages principaux ?

OBSERVATION

• Observez le premier vers de la scène : à quel moment la pièce commence-t-elle ? Quel est l'effet produit par cette entrée en matière ?
La satire :
• Comment Arnolphe s'y prend-il pour se moquer de ses contemporains (v. 25 à 44) ?
• Par quels moyens Chrysalde raille-t-il Arnolphe (v. 46 à 73) ?
La polémique :
• V. 82 à 122 : Quels arguments opposent Arnolphe et Chrysalde dans leur conception de l'épouse idéale ?
• V. 84 à 102 : en vous appuyant sur la composition du portrait, l'étude des champs lexicaux et des antithèses, vous montrerez comment Arnolphe expose sa conception de la femme et de l'amour.
• Étudiez le vers 82. Relevez d'autres formules du même ordre dans le discours d'Arnolphe. Quel aspect du personnage est ainsi révélé ?
La narration :
• V. 129 à 150. Étudiez l'évolution des temps verbaux Quelle est la fonction dramatique de ce récit ?

INTERPRÉTATIONS

• « Chrysalde est un personnage entièrement inutile : il vient, sans nécessité, dire six ou sept-vingts vers à la louange des cocus, et s'en retourne jusques à l'heure du souper... » (Donneau de Visé, *Zélinde*) Ce jugement d'un adversaire de Molière vous paraît-il fondé ?
• Comment interprétez-vous le double nom d'Arnolphe-Monsieur de La Souche ?

SCÈNE 2. ALAIN, GEORGETTE, ARNOLPHE.

ALAIN

Qui heurte[1] ?

ARNOLPHE

Ouvrez. On aura, que je pense,

200 Grande joie à me voir après dix jours d'absence.

ALAIN

Qui va là ?

ARNOLPHE

Moi.

ALAIN

Georgette ?

GEORGETTE

Hé bien ?

ALAIN

Ouvre là-bas.

GEORGETTE

Vas-y, toi.

ALAIN

Vas-y, toi.

GEORGETTE

Ma foi, je n'irai pas.

ALAIN

Je n'irai pas aussi.

ARNOLPHE

Belle cérémonie,

Pour me laisser dehors ! Holà ho ! je vous prie.

GEORGETTE

205 Qui frappe ?

---

1. **Heurte :** frappe à la porte.

ARNOLPHE

Votre maître.

GEORGETTE

Alain ?

ALAIN

Quoi ?

GEORGETTE

C'est Monsieur.

Ouvre vite.

ALAIN

Ouvre, toi.

GEORGETTE

Je souffle notre feu.

ALAIN

J'empêche, peur du chat, que mon moineau ne sorte.

ARNOLPHE

Quiconque de vous deux n'ouvrira pas la porte
N'aura point à manger de plus de quatre jours.

210 Ah !

GEORGETTE

Par quelle raison y venir quand j'y cours ?

ALAIN

Pourquoi plutôt que moi ? le plaisant strodagème[1] !

GEORGETTE

Ôte-toi donc de là.

ALAIN

Non, ôte-toi toi-même.

GEORGETTE

Je veux ouvrir la porte.

ALAIN

Et je veux l'ouvrir, moi.

GEORGETTE

Tu ne l'ouvriras pas.

---

1. **Strodagème** : stratagème. Alain déforme ce mot trop savant pour lui.

ALAIN
Ni toi non plus.

GEORGETTE
Ni toi.

ARNOLPHE
215 Il faut que j'aie ici l'âme bien patiente !

ALAIN
Au moins, c'est moi, Monsieur.

GEORGETTE
Je suis votre servante ;
C'est moi.

ALAIN
Sans le respect de Monsieur que voilà,
Je te...

ARNOLPHE, *recevant un coup d'Alain.*
Peste !

ALAIN
Pardon.

ARNOLPHE
Voyez ce lourdaud-là !

ALAIN
C'est elle aussi, Monsieur...

ARNOLPHE
Que tous deux on se taise.
220 Songez à me répondre et laissons la fadaise.
Hé bien ! Alain, comment se porte-t-on ici ?

ALAIN
Monsieur, nous nous... Monsieur, nous nous por... Dieu
[merci !
Nous nous...
*(Arnolphe ôte par trois fois le chapeau
de dessus la tête d'Alain.)*

ARNOLPHE
Qui vous apprend, impertinente bête,
À parler devant moi le chapeau sur la tête ?

ALAIN

225 Vous faites bien, j'ai tort.

ARNOLPHE, *à Alain.*
(À Georgette.)   Faites descendre Agnès.
Lorsque je m'en allai, fut-elle triste après ?

GEORGETTE

Triste ? Non.

ARNOLPHE

Non ?

GEORGETTE
Si fait !

ARNOLPHE
Pourquoi donc ?...

GEORGETTE
Oui, je meure[1],
Elle vous croyait voir de retour à toute heure.
Et nous n'oyions[2] jamais passer devant chez nous
230 Cheval, âne ou mulet, qu'elle ne prît pour vous.

Scène 3. Agnès, Alain, Georgette, Arnolphe.

ARNOLPHE
La besogne[3] à la main ! c'est un bon témoignage.
Hé bien ! Agnès, je suis de retour du voyage ;
En êtes-vous bien aise ?

AGNÈS
Oui, Monsieur, Dieu merci

---

1. **Je meure** : subjonctif elliptique d'un emploi courant à l'époque : « Que je meure si je mens ».
2. **Oyions** : imparfait de « ouïr », entendions. Paysan et vieilli au XVIIe siècle.
3. **Besogne** : ouvrage. Il s'agit des « cornettes » que coud Agnès (voir v. 239).

ARNOLPHE

Et moi, de vous revoir je suis bien aise aussi.
235 Vous vous êtes toujours, comme on voit, bien portée ?

AGNÈS

Hors les puces, qui m'ont la nuit inquiétée [1]

ARNOLPHE

Ah ? vous aurez dans peu quelqu'un pour les chasser.

AGNÈS

Vous me ferez plaisir.

ARNOLPHE

Je le puis bien penser
Que faites-vous donc là ?

AGNÈS

Je me fais des cornettes [2] :
240 Vos chemises de nuit et vos coiffes [3] sont faites.

ARNOLPHE

Ah ! voilà qui va bien. Allez, montez là-haut :
Ne vous ennuyez point, je reviendrai tantôt,
Et je vous parlerai d'affaires importantes.
                    (Tous étant rentrés.)
Héroïnes du temps, Mesdames les savantes,
245 Pousseuses de tendresse [4] et de beaux sentiments,
Je défie à la fois tous vos vers, vos romans,
Vos lettres, billets doux, toute votre science,
De valoir cette honnête et pudique ignorance.

---

1. **M'ont inquiétée :** ne m'ont pas laissé de repos.
2. **Cornettes :** bonnets de nuit pour les femmes.
3. **Coiffes :** garnitures intérieures de chapeau.
4. **Pousseuses de tendresse :** périphrase parodique forgée sur l'expression précieuse : « pousser le doux, le tendre... » pour dire « pousser des soupirs tendres ». Ce sont les précieuses elles-mêmes, et leur prédilection pour le discours amoureux, qui sont ainsi désignées.

Repères

• Comparez les répliques et les didascalies de la scène 2 avec celles de la scène 1. Quelles différences remarquez-vous ? Quel est l'effet produit ?
• V. 244-252 : comment se fait la transition entre les scènes 3 et 4 ?

Observation

Maître et valets (scène 2) :
• Étudiez l'enchaînement des répliques, le langage et la gestuelle des valets : sur quoi repose le comique de la scène ?
• Comment se traduit le mélange de soumission et d'irrévérence des valets ?
• V. 228-230. Comment s'exprime la duplicité de Georgette dans cette réplique ?

Arnolphe et Agnès (scène 3) :
• Décrivez la situation de communication propre à cette scène.
• Observez les marques et les changements d'énonciation : à qui Arnolphe s'adresse-t-il dans la scène 3 ?
• En vous appuyant sur l'ambiguïté des termes et le double discours d'Arnolphe, identifiez les sous-entendus que comporte cette scène.
• Quelle image nous faisons-nous d'Agnès à travers ce bref échange ?

Interprétations

• Dans *La Critique de « L'École des femmes »*, Molière fait dire à Dorante : « Et pour la scène d'Alain et de Georgette dans le logis, que quelques uns ont trouvée longue et froide, il est certain qu'elle n'est pas sans raisons... »
Quelles peuvent être, selon vous, ces « raisons » ?
• Comment vous expliquez-vous que Molière fasse faire à Agnès une si brève apparition ?

SCÈNE 4. HORACE, ARNOLPHE.

ARNOLPHE

Ce n'est point par le bien qu'il faut être ébloui,
250 Et, pourvu que l'honneur soit... Que vois-je ? Est-ce... Oui.
Je me trompe. Nenni[1]. Si fait. Non, c'est lui-même,
Hor...

HORACE

Seigneur Ar...

ARNOLPHE

Horace.

HORACE

Arnolphe.

ARNOLPHE

Ah ! joie extrême !

Et depuis quand ici ?

HORACE

Depuis neuf jours.

ARNOLPHE

Vraiment ?

HORACE

Je fus d'abord chez vous, mais inutilement.

ARNOLPHE

255 J'étais à la campagne.

HORACE

Oui, depuis deux journées.

ARNOLPHE

Oh ! comme les enfants croissent en peu d'années !
J'admire de le voir au point où le voilà,
Après que je l'ai vu pas plus grand que cela

HORACE

Vous voyez.

---

1. **Nenni :** non. Familier et déjà archaïque au XVIIᵉ siècle.

ARNOLPHE

Mais, de grâce, Oronte votre père,
260 Mon bon et cher ami, que j'estime et révère,
Que fait-il ? que dit-il ? est-il toujours gaillard ?
À tout ce qui le touche il sait que je prends part.
Nous ne nous sommes vus depuis quatre ans ensemble,
Ni, qui plus est, écrit l'un à l'autre, me semble.

HORACE

265 Il est, Seigneur Arnolphe, encor plus gai que nous,
Et j'avais de sa part une lettre pour vous ;
Mais, depuis, par une autre il m'apprend sa venue,
Et la raison encor ne m'en est pas connue.
Savez-vous qui peut être un de vos citoyens[1]
270 Qui retourne en ces lieux avec beaucoup de biens
Qu'il s'est en quatorze ans acquis dans l'Amérique ?

ARNOLPHE

Non. Vous a-t-on point dit comme on le nomme ?

HORACE

Enrique.

ARNOLPHE

Non.

HORACE

Mon père m'en parle, et qu'il est revenu,
Comme s'il devait m'être entièrement connu,
275 Et m'écrit qu'en chemin ensemble ils se vont mettre
Pour un fait important que ne dit point sa lettre.

ARNOLPHE

J'aurai certainement grande joie à le voir,
Et pour le régaler[2] je ferai mon pouvoir[3].
(Après avoir lu la lettre.)
Il faut, pour des amis, des lettres moins civiles,
280 Et tous ces compliments sont choses inutiles ;

---

1. **Citoyens** : concitoyens.
2. **Régaler** : offrir une réception, fêter.
3. **Mon pouvoir** : mon possible.

Sans qu'il prît le souci de m'en écrire rien,
Vous pouvez librement disposer de mon bien.

HORACE

Je suis homme à saisir les gens par leurs paroles,
Et j'ai présentement besoin de cent pistoles[1].

ARNOLPHE

285 Ma foi, c'est m'obliger que d'en user ainsi,
Et je me réjouis de les avoir ici.
Gardez aussi la bourse.

HORACE

Il faut[2]...

ARNOLPHE

Laissons ce style

Eh bien ! comment encor trouvez-vous cette ville ?

HORACE

Nombreuse en citoyens, superbe en bâtiments,
290 Et j'en crois merveilleux les divertissements.

ARNOLPHE

Chacun a ses plaisirs, qu'il se fait à sa guise ;
Mais, pour ceux que du nom de galants on baptise,
Ils ont en ce pays de quoi se contenter[3],
Car les femmes y sont faites à coqueter[4].
295 On trouve d'humeur douce et la brune et la blonde,
Et les maris aussi les plus bénins[5] du monde :
C'est un plaisir de prince, et des tours que je voi
Je me donne souvent la comédie à moi.

---

1. **Pistoles** : il s'agit d'une monnaie d'or étrangère (espagnole ou italienne) valant 11 livres. La somme demandée, assez considérable, est supérieure à la recette d'une représentation de *L'École des femmes*, à ses débuts.
2. **Il faut...** : Horace veut faire une reconnaissance de dettes à Arnolphe.
3. **Se contenter** : être content, satisfait.
4. **Coqueter** : faire la coquette.
5. **Bénins** : indulgents (ironique).

Peut-être en avez-vous déjà féru[1] quelqu'une.
300 Vous est-il point encore arrivé de fortune[2] ?
Les gens faits comme vous font plus que les écus,
Et vous êtes de taille à faire des cocus.

HORACE
À ne vous rien cacher de la vérité pure,
J'ai d'amour en ces lieux eu certaine aventure,
305 Et l'amitié m'oblige à vous en faire part.

ARNOLPHE
Bon ! voici de nouveau quelque conte gaillard,
Et ce sera de quoi mettre sur mes tablettes.

HORACE
Mais, de grâce, qu'au moins ces choses soient secrètes

ARNOLPHE
Oh !

HORACE
Vous n'ignorez pas qu'en ces occasions
310 Un secret éventé rompt nos précautions.
Je vous avouerai donc avec pleine franchise
Qu'ici d'une beauté mon âme s'est éprise.
Mes petits soins d'abord ont eu tant de succès
Que je me suis chez elle ouvert un doux accès ;
315 Et, sans trop me vanter, ni lui faire une injure,
Mes affaires y sont en fort bonne posture.

ARNOLPHE, riant
Et c'est ?

HORACE, lui montrant le logis d'Agnès
Un jeune objet[3] qui loge en ce logis
Dont vous voyez d'ici que les murs sont rougis :

---

1. **Féru** : participe passé du verbe « férir », frapper. Au sens figuré de « blessé d'amour ».
2. **Fortune** : bonne fortune. Plus particulièrement dans le contexte : aventure amoureuse.
3. **Objet** : objet d'amour, personne aimée.

Simple[1], à la vérité, par l'erreur sans seconde
320 D'un homme qui la cache au commerce du monde,
Mais qui, dans l'ignorance où l'on veut l'asservir,
Fait briller des attraits capables de ravir ;
Un air tout engageant, je ne sais quoi de tendre
Dont il n'est point de cœur qui se puisse défendre.
325 Mais peut-être il n'est pas que vous n'ayez bien vu[2]
Ce jeune astre d'amour de tant d'attraits pourvu :
C'est Agnès qu'on l'appelle.

ARNOLPHE, *à part*
                    Ah ! je crève !

HORACE
                                        Pour l'homme,
C'est, je crois, de la Zousse, ou Source, qu'on le nomme ;
Je ne me suis pas fort arrêté sur le nom ;
330 Riche, à ce qu'on m'a dit, mais des plus sensés, non,
Et l'on m'en a parlé comme d'un ridicule[3].
Le connaissez-vous point ?

ARNOLPHE, *à part*
                    La fâcheuse pilule !

HORACE
Eh ! vous ne dites mot ?

ARNOLPHE
                    Eh ! oui, je le connoi

HORACE
C'est un fou, n'est-ce pas ?

ARNOLPHE
                    Eh !..

HORACE
                            Qu'en dites-vous ? quoi ?
335 Eh ! c'est-à-dire oui. Jaloux à faire rire ?

---

1. **Simple** : candide.
2. **Il n'est pas que vous n'ayez bien vu** : vous n'êtes pas sans avoir vu.
3. **Un ridicule** : un homme ridicule.

Sot ? je vois qu'il en est ce que l'on m'a pu dire.
Enfin l'aimable Agnès a su m'assujettir.
C'est un joli bijou, pour ne vous point mentir,
Et ce serait péché qu'une beauté si rare
340 Fût laissée au pouvoir de cet homme bizarre.
Pour moi, tous mes efforts, tous mes vœux les plus doux,
Vont à m'en rendre maître en dépit du jaloux,
Et l'argent que de vous j'emprunte avec franchise[1]
N'est que pour mettre à bout[2] cette juste entreprise.
345 Vous savez mieux que moi, quels que soient nos efforts,
Que l'argent est la clef de tous les grands ressorts,
Et que ce doux métal, qui frappe tant de têtes,
En amour, comme en guerre, avance les conquêtes.
Vous me semblez chagrin ; serait-ce qu'en effet
350 Vous désapprouveriez le dessein que j'ai fait ?

ARNOLPHE

Non, c'est que je songeais...

HORACE

Cet entretien vous lasse.
Adieu ; j'irai chez vous tantôt vous rendre grâce.

ARNOLPHE

Ah ! faut-il...

HORACE, *revenant*

Derechef, veuillez être discret,
Et n'allez pas, de grâce, éventer mon secret.
(Il s'en va.)

ARNOLPHE

355 Que je sens dans mon âme...

HORACE, *revenant.*

Et surtout à mon père,
Qui s'en ferait peut-être un sujet de colère.

---

1. **Avec franchise :** librement.
2. **Mettre à bout :** venir à bout de.

ARNOLPHE, *croyant qu'il revient encore.*
Oh ! que j'ai souffert durant cet entretien !
Jamais trouble d'esprit ne fut égal au mien.
Avec quelle imprudence et quelle hâte extrême
360 Il m'est venu conter cette affaire à moi-même !
Bien que mon autre nom le tienne dans l'erreur,
Étourdi montra-t-il jamais tant de fureur[1] ?
Mais, ayant tant souffert, je devais[2] me contraindre
Jusques à m'éclaircir[3] de ce que je dois craindre,
365 À pousser jusqu'au bout son caquet indiscret,
Et savoir pleinement leur commerce secret.
Tâchons à le rejoindre, il n'est pas loin, je pense ;
Tirons-en de ce fait[4] l'entière confidence.
Je tremble du malheur qui m'en peut arriver,
370 Et l'on cherche souvent plus qu'on ne veut trouver.

1. **Fureur :** folie furieuse, égarement d'esprit.
2. **Je devais :** j'aurais dû (valeur de conditionnel, fréquente pour les verbes
« devoir » et « pouvoir » au passé).
3. **M'éclaircir :** m'informer.
4. **De ce fait :** de cette affaire.

REPÈRES

• En quoi cette scène vient-elle compléter l'exposition ? En quoi amorce-t-elle l'action ?
• Quand Oronte et Enrique devront-ils nécessairement être arrivés pour que l'unité de temps soit respectée ?
• Comparez l'état d'esprit d'Arnolphe au début et à la fin de la scène. Montrez qu'il résume le renversement de situation sur lequel est fondé le premier acte.

OBSERVATION

• V. 288 à 334. En vous appuyant sur l'évolution des sentiments d'Arnolphe, la progression du propos et le ton de la conversation, vous dégagerez les différents mouvement du dialogue.
• Que sait Horace ? Que sait Arnolphe ? Que sait le spectateur ? Étudiez les effets permis par la double énonciation.
• En vous appuyant sur une étude du lexique utilisé par les deux personnages, vous comparerez le portrait qu'Horace fait d'Agnès (v. 317-327) avec celui qu'Arnolphe en faisait à l'acte I, scène 1.
• Observez l'attitude d'Arnolphe au début de la scène, relevez dans les répliques d'Horace les termes qui désignent Monsieur de La Souche. Comparez l'image qu'Arnolphe cherche à donner de lui à celle qu'Horace en a par ailleurs.

INTERPRÉTATIONS

• Dans quelle mesure la scène 4 apporte-t-elle un nouvel éclairage sur les scènes 2 et 3 ? En quoi modifie-t-elle l'impression que l'on a pu avoir d'Agnès ? Comment peut-on désormais imaginer l'attitude d'Alain et de Georgette lors du dialogue entre Arnolphe et Agnès ?

Une exposition en action

À la fin de l'acte I, nous connaissons le lieu et le moment de l'action, l'identité et les mobiles de tous les personnages principaux. L'exposition s'étend toutefois au-delà de la première scène, puisqu'il faut attendre la dernière scène pour qu'Horace nous soit présenté. Le personnage apparaît alors directement, ce qui permet d'achever les présentations tout en accélérant l'action par un coup de théâtre : Arnolphe se découvre un rival ! On a fait reproche à Molière d'avoir tant tardé à amorcer l'intrigue. Si la première scène, tout en discours, peut paraître statique, ce serait oublier qu'Arnolphe y est peint en action, comme un personnage plus habile en théorie que doué en action.

Des scènes mouvementées

Chaque scène comporte ainsi son mouvement propre : celui de la dispute, au sens de débat d'idées, dans la première scène, auquel succède la dispute d'Alain et Georgette pour savoir lequel des deux n'ouvrira pas, puis ouvrira, à Arnolphe de retour. Dès la scène 4 s'amorce le « *revers de satire* » prédit par Chrysalde. D'une scène à l'autre, le plaisir du spectateur change selon qu'il sourit de la « *folie* » d'Arnolphe, rit à la farce ou s'amuse au spectacle de l'imprudence d'Horace et de la déconfiture du barbon. Molière remplit parfaitement le contrat de l'exposition classique sans lui sacrifier le plaisir de la comédie.

Un théâtre de variété

L'art de plaire se traduit aussi dans une esthétique de la variété à laquelle nous introduit le premier acte : Molière y expose, en même temps que l'action, les différentes facettes de son talent. À travers le dialogue ou le monologue, le récit ou le portrait, s'exprime la gamme de son comique : au comique de caractère de la première scène succède le comique de mots et de gestes des scènes de valets, bientôt relayé par le comique de situation du quiproquo qui s'installe entre Horace et Arnolphe. Le ton de la comédie de caractère alterne ainsi avec la farce.

ACTE II

SCÈNE PREMIÈRE. ARNOLPHE.

Il m'est, lorsque j'y pense, avantageux, sans doute[1],
D'avoir perdu mes pas[2] et pu manquer sa route :
Car enfin de mon cœur le trouble impérieux
N'eût pu se renfermer tout entier à ses yeux ;
375 Il eût fait éclater l'ennui[3] qui me dévore,
Et je ne voudrais pas qu'il sût ce qu'il ignore.
Mais je ne suis pas homme à gober le morceau
Et laisser un champ libre aux vœux du damoiseau,
J'en veux rompre le cours et sans tarder apprendre
380 Jusqu'où l'intelligence[4] entre eux a pu s'étendre :
J'y prends, pour mon honneur, un notable intérêt ;
Je la regarde en femme, aux termes qu'elle en est[5] ;
Elle n'a pu faillir sans me couvrir de honte,
Et tout ce qu'elle a fait enfin est sur mon compte[6].
385 Éloignement fatal ! Voyage malheureux !
     (Frappant à la porte.)

---

1. **Sans doute** : sans aucun doute, assurément. Exprime la certitude sans aucune nuance d'hypothèse comme c'est le cas en français moderne.
2. **Avoir perdu mes pas** : avoir couru inutilement pour rejoindre Horace (voir v. 367).
3. **L'ennui** : le tourment.
4. **Intelligence** : complicité.
5. **Je la regarde en femme, aux termes qu'elle en est** : je considère comme ma femme, au point où nous en sommes.
6. **Est sur mon compte** : est de ma responsabilité.

SCÈNE 2. ALAIN, GEORGETTE, ARNOLPHE.

ALAIN

Ah ! Monsieur, cette fois...

ARNOLPHE

Paix ! Venez çà[1] tous deux :
Passez là, passez là. Venez là, venez, dis-je.

GEORGETTE

Ah ! vous me faites peur, et tout mon sang se fige.

ARNOLPHE

C'est donc ainsi qu'absent vous m'avez obéi,
390 Et tous deux, de concert, vous m'avez donc trahi ?

GEORGETTE

Eh ! ne me mangez pas, Monsieur, je vous conjure.

ALAIN, *à part.*

Quelque chien enragé l'a mordu, je m'assure[2].

ARNOLPHE

Ouf[3] ! Je ne puis parler, tant je suis prévenu[4],
Je suffoque, et voudrais me pouvoir mettre nu.
395 Vous avez donc souffert, ô canaille[5] maudite !
Qu'un homme soit venu... Tu veux prendre la fuite ?
Il faut que sur-le-champ... Si tu bouges !... Je veux
Que vous me disiez... Euh ! Oui, je veux que tous deux...
Quiconque remuera, par la mort[6] je l'assomme.
400 Comme est-ce que chez moi s'est introduit cet homme ?
Eh ! parlez, dépêchez, vite, promptement, tôt,
Sans rêver. Veut-on dire ?

---

1. **Venez çà :** venez ici.
2. **Je m'assure :** j'en suis sûr.
3. **Ouf ! :** interjection exprimant la douleur, non le soulagement comme en français moderne.
4. **Prévenu :** inquiet, empli de craintes.
5. **Canaille :** du latin *canis*, « chien » ; terme très méprisant.
6. **Par la mort :** abréviation à valeur d'atténuation du juron « par la mort de Dieu ».

ALAIN et GEORGETTE, *tombant à genoux.*
Ah ! ah !

GEORGETTE
Le cœur me faut[1] !

ALAIN
Je meurs.

ARNOLPHE
Je suis en eau, prenons un peu d'haleine.
Il faut que je m'évente et que je me promène.
405 Aurais-je deviné, quand je l'ai vu petit,
Qu'il croîtrait pour cela ? Ciel ! que mon cœur pâtit !
Je pense qu'il vaut mieux que de sa propre bouche
Je tire avec douceur l'affaire qui me touche.
Tâchons à modérer notre ressentiment ;
410 Patience, mon cœur, doucement, doucement !
Levez-vous, et, rentrant, faites qu'Agnès descende.
Arrêtez. Sa surprise en deviendrait moins grande ;
Du chagrin[2] qui me trouble ils iraient l'avertir,
Et moi-même je veux l'aller faire sortir.
415 Que l'on m'attende ici.

---

1. **Me faut** : me manque. Présent du verbe « faillir ».
2. **Chagrin** : irritation, colère.

SCÈNE 3. ALAIN, GEORGETTE.

GEORGETTE
          Mon Dieu, qu'il est terrible !
Ses regards m'ont fait peur, mais une peur horrible,
Et jamais je ne vis un plus hideux chrétien.

ALAIN
Ce monsieur l'a fâché, je te le disais bien.

GEORGETTE
Mais que diantre[1] est-ce là qu'avec tant de rudesse
420 Il nous fait au logis garder notre maîtresse ?
D'où vient qu'à tout le monde il veut tant la cacher,
Et qu'il ne saurait voir personne en approcher ?

ALAIN
C'est que cette action le met en jalousie.

GEORGETTE
Mais d'où vient qu'il est pris de cette fantaisie[2] ?

ALAIN
425 Cela vient... cela vient de ce qu'il est jaloux.

GEORGETTE
Oui ; mais pourquoi l'est-il, et pourquoi ce courroux ?

ALAIN
C'est que la jalousie... entends-tu bien, Georgette,
Est une chose... là... qui fait qu'on s'inquiète...
Et qui chasse les gens d'autour d'une maison.
430 Je m'en vais te bailler[3] une comparaison,
Afin de concevoir[4] la chose davantage.
Dis-moi, n'est-il pas vrai, quand tu tiens ton potage,
Que, si quelque affamé venait pour en manger,
Tu serais en colère, et voudrais le charger[5] ?

---

1. **Diantre :** déformation populaire de « Diable ».
2. **Fantaisie :** caprice, lubie.
3. **Bailler :** donner. Vieilli dès le début du XVIIe siècle.
4. **Afin de concevoir :** afin que tu comprennes.
5. **Charger :** attaquer (l'ennemi) ; par extension, s'en prendre à (quelqu'un).

GEORGETTE

435 Oui, je comprends cela.

ALAIN

C'est justement tout comme.
La femme est en effet le potage[1] de l'homme,
Et, quand un homme voit d'autres hommes parfois
Qui veulent dans sa soupe aller tremper leurs doigts,
Il en montre aussitôt une colère extrême.

GEORGETTE

440 Oui ; mais pourquoi chacun n'en fait-il pas de même,
Et que[2] nous en voyons qui paraissent joyeux
Lorsque leurs femmes sont avec les biaux monsieux[3] ?

ALAIN

C'est que chacun n'a pas cette amitié goulue
Qui n'en veut que pour soi.

GEORGETTE

Si je n'ai la berlue,

445 Je le vois qui revient.

ALAIN

Tes yeux sont bons, c'est lui.

GEORGETTE

Vois comme il est chagrin.

ALAIN

C'est qu'il a de l'ennui.

---

1. **Potage** : voir Rabelais, *Tiers Livre*, ch. XII.
2. **Et que** : et comment se fait-il que... ? Rupture de construction syntaxique.
3. **Biaux monsieux** : beaux messieurs. Tournure populaire et vieillie fréquemment usitée par les paysans de Molière.

REPÈRES

• Confrontez les projets et l'état d'esprit d'Arnolphe à la fin de l'acte I et au début de l'acte II : que s'est-il passé durant l'entracte ? En quoi la stratégie d'Arnolphe a-t-elle changé ?
• Étudiez la symétrie qui s'établit entre les scènes 2 de l'acte I et II. Quelle est sa fonction ?
• Quel est le lien entre les scènes 2 et 3 ?

OBSERVATION

• Quelles sont les solutions successivement envisagées par Arnolphe pour savoir « *jusqu'où l'intelligence entre [Agnès et Horace] a pu s'étendre* » ?
• En vous appuyant sur l'étude du lexique, de la syntaxe et des temps, vous étudierez le mélange des registres tragique et comique dans le monologue d'Arnolphe. Quel est l'effet produit ?
• Scène 2. Observez l'enchaînement des répliques, les interruptions d'Arnolphe (v. 395-400) : montrez que les valets mènent le jeu.
• Scène 3. Quelle connivence particulière s'instaure dans cette scène entre le spectateur et les personnages ?

• V. 430-444. Après avoir décrit la figure de rhétorique utilisée par Alain, vous analyserez ce qui fait le comique de ce passage.

INTERPRÉTATIONS

• Montrez, en vous appuyant sur des exemples précis, que chacune de ces trois scènes met en œuvre une forme différente de comique.
• La scène 3 est la première scène, et l'une des rares, dont Arnolphe est absent. Vous montrerez quel(s) parti(s) Molière tire de cette absence.

SCÈNE 4. ARNOLPHE, AGNÈS, ALAIN, GEORGETTE.

ARNOLPHE

Un certain Grec[1] disait à l'empereur Auguste
Comme une instruction utile autant que juste,
Que, lorsqu'une aventure en colère nous met,
450 Nous devons avant tout dire notre alphabet,
Afin que dans ce temps la bile[2] se tempère,
Et qu'on ne fasse rien que l'on ne doive faire.
J'ai suivi sa leçon sur le sujet d'Agnès,
Et je la fais venir en ce lieu tout exprès,
455 Sous prétexte d'y faire un tour de promenade,
Afin que les soupçons de mon esprit malade
Puissent sur le discours[3] la mettre adroitement
Et, lui sondant le cœur, s'éclaircir doucement.
Venez, Agnès, rentrez[4].

SCÈNE 5. ARNOLPHE, AGNÈS.

ARNOLPHE
La promenade est belle.

AGNÈS
460 Fort belle.

ARNOLPHE
Le beau jour !

AGNÈS
Fort beau !

---

1. **Un certain Grec** : le philosophe Athénodorus évoqué par Plutarque dans ses *Œuvres morales*.
2. **Bile** : l'une des quatre humeurs fondamentales de la médecine de l'époque, à l'origine de la colère.
3. **Le discours** : le sujet.
4. **Rentrez** : l'ordre s'adresse à Alain et Georgette.

ARNOLPHE

      Quelle nouvelle ?

AGNÈS

Le petit chat est mort.

ARNOLPHE

     C'est dommage ; mais quoi ?
Nous sommes tous mortels, et chacun est pour soi.
Lorsque j'étais aux champs, n'a-t-il point fait de pluie ?

AGNÈS

Non.

ARNOLPHE

 Vous ennuyait-il[1] ?

AGNÈS

     Jamais je ne m'ennuie.

ARNOLPHE

465 Qu'avez-vous fait encor ces neuf ou dix jours-ci ?

AGNÈS

 Six chemises, je pense, et six coiffes aussi.

ARNOLPHE, *ayant un peu rêvé.*
Le monde, chère Agnès, est une étrange chose.
Voyez la médisance, et comme chacun cause !
Quelques voisins m'ont dit qu'un jeune homme inconnu
470 Était en mon absence à la maison venu,
Que vous aviez souffert sa vue et ses harangues ;
Mais je n'ai point pris foi sur[2] ces méchantes langues,
Et j'ai voulu gager que c'était faussement...

AGNÈS

Mon Dieu, ne gagez pas, vous perdriez vraiment.

ARNOLPHE

475 Quoi ! c'est la vérité qu'un homme...

AGNÈS

      Chose sûre.

---

1. **Vous ennuyait-il** : tournure impersonnelle pour « Vous êtes-vous ennuyée ? ».
2. **Je n'ai point pris foi sur** : je ne me suis pas fié à.

Il n'a presque bougé de chez nous, je vous juré.

ARNOLPHE, *à part.*
Cet aveu qu'elle fait avec sincérité
Me marque pour le moins son ingénuité.
(*Haut.*)
Mais il me semble, Agnès, si ma mémoire est bonne,
480 Que j'avais défendu que vous vissiez personne.

AGNÈS
Oui, mais, quand je l'ai vu, vous ignorez pourquoi,
Et vous en auriez fait, sans doute, autant que moi.

ARNOLPHE
Peut-être ; mais enfin contez-moi cette histoire.

AGNÈS
Elle est fort étonnante et difficile à croire.
485 J'étais sur le balcon à travailler au frais,
Lorsque je vis passer sous les arbres d'auprès
Un jeune homme bien fait, qui, rencontrant ma vue,
D'une humble révérence aussitôt me salue :
Moi, pour ne point manquer à la civilité,
490 Je fis la révérence aussi de mon côté.
Soudain, il me refait une autre révérence :
Moi, j'en refais de même une autre en diligence[1] ;
Et, lui d'une troisième aussitôt repartant,
D'une troisième aussi j'y repars à l'instant.
495 Il passe, vient, repasse, et toujours de plus belle
Me fait à chaque fois révérence nouvelle ;
Et moi, qui tous ces tours fixement regardais,
Nouvelle révérence aussi je lui rendais :
Tant que, si sur ce point la nuit ne fût venue,
500 Toujours comme cela je me serais tenue,
Ne voulant point céder, ni recevoir l'ennui
Qu'il me pût estimer moins civile que lui.

ARNOLPHE
Fort bien.

---

1. **En diligence :** en toute hâte.

AGNÈS

Le lendemain, étant sur notre porte,
Une vieille m'aborde en parlant de la sorte :
505 « Mon enfant, le bon Dieu puisse-t-il vous bénir,
Et dans tous vos attraits longtemps vous maintenir !
Il ne vous a pas faite une belle personne
Afin de mal user des choses qu'il vous donne,
Et vous devez savoir que vous avez blessé
510 Un cœur qui de s'en plaindre est aujourd'hui forcé. »

ARNOLPHE, *à part.*

Ah ! suppôt[1] de Satan, exécrable damnée !

AGNÈS

« Moi, j'ai blessé quelqu'un ? fis-je toute étonnée.
— Oui, dit-elle, blessé, mais blessé tout de bon ;
Et c'est l'homme qu'hier vous vîtes du balcon.
515 — Hélas ! qui pourrait, dis-je, en avoir été cause ?
Sur lui, sans y penser, fis-je choir quelque chose ?
— Non, dit-elle, vos yeux ont fait ce coup fatal,
Et c'est de leurs regards qu'est venu tout son mal.
— Hé ! mon Dieu ! ma surprise est, fis-je, sans seconde :
520 Mes yeux ont-ils du mal pour en donner au monde ?
— Oui, fit-elle, vos yeux, pour causer le trépas,
Ma fille, ont un venin[2] que vous ne savez pas :
En un mot, il languit[2], le pauvre misérable ;
Et s'il faut, poursuivit la vieille charitable,
525 Que votre cruauté lui refuse un secours,
C'est un homme à porter en terre dans deux jours.
— Mon Dieu ! j'en aurais, dis-je, une douleur bien grande.
Mais, pour le secourir, qu'est-ce qu'il me demande ?
— Mon enfant, me dit-elle, il ne veut obtenir
530 Que le bien de vous voir et vous entretenir ;
Vos yeux peuvent, eux seuls, empêcher sa ruine[3],

---

1. **Suppôt** : partisan.
2. **Il languit** : il dépérit.
3. **Ruine** : destruction.

Et du mal qu'ils ont fait être la médecine[1].
— Hélas ! volontiers, dis-je, et, puisqu'il est ainsi,
Il peut tant qu'il voudra me venir voir ici. »

ARNOLPHE, *à part.*

535 Ah ! sorcière maudite, empoisonneuse d'âmes,
Puisse l'enfer payer tes charitables trames[2] !

AGNÈS

Voilà comme il me vit et reçut guérison.
Vous-même à votre avis, n'ai-je pas eu raison,
Et pouvais-je, après tout, avoir la conscience
540 De le laisser mourir faute d'une assistance,
Moi qui compatis tant aux gens qu'on fait souffrir,
Et ne puis, sans pleurer, voir un poulet mourir ?

ARNOLPHE, *bas.*

Tout cela n'est parti que d'une âme innocente,
Et j'en dois accuser mon absence imprudente,
545 Qui sans guide a laissé cette bonté de mœurs
Exposée aux aguets des rusés séducteurs.
Je crains que le pendard, dans ses vœux téméraires,
Un peu plus fort que jeu n'ait poussé les affaires.

AGNÈS

Qu'avez-vous ? Vous grondez, ce me semble, un petit[3] ;
550 Est-ce que c'est mal fait ce que je vous ai dit ?

ARNOLPHE

Non. Mais de cette vue apprenez-moi les suites.
Et comme le jeune homme a passé ses visites.

AGNÈS

Hélas ![4] si vous saviez comme il était ravi,
Comme il perdit son mal sitôt que je le vi,
555 Le présent qu'il m'a fait d'une belle cassette,

---

1. **La médecine :** le remède.
2. **Trames :** machinations.
3. **Un petit :** un peu.
4. **Hélas !** : n'exprime pas la plainte comme aujourd'hui, mais la surprise, l'attendrissement.

Et l'argent qu'en ont eu[1] notre Alain et Georgette,
Vous l'aimeriez sans doute, et diriez comme nous...

ARNOLPHE

Oui, mais que faisait-il étant seul avec vous ?

AGNÈS

Il jurait qu'il m'aimait d'une amour sans seconde,
560 Et me disait des mots les plus gentils du monde,
Des choses que jamais rien ne peut égaler,
Et dont, toutes les fois que je l'entends parler,
La douceur me chatouille et là-dedans remue
Certain je ne sais quoi dont je suis toute émue.

ARNOLPHE, *à part.*

565 Ô fâcheux examen d'un mystère fatal,
Où l'examinateur souffre seul tout le mal !
    (À Agnès.)
Outre tous ces discours, toutes ces gentillesses,
Ne vous faisait-il point aussi quelques caresses ?

AGNÈS

Oh tant ! il me prenait et les mains et les bras,
570 Et de me les baiser il n'était jamais las.

ARNOLPHE

Ne vous a-t-il point pris, Agnès, quelqu'autre chose ?
    (La voyant interdite.)
Ouf ![2]

AGNÈS

    Eh ! il m'a...

ARNOLPHE
        Quoi ?

AGNÈS
        Pris...

_____

1. **Qu'en ont eu** : qu'ont eu de lui. Le pronom « en » pouvait représenter les personnes.
2. **Ouf !** : voir note du v. 393.

ARNOLPHE

Euh !

AGNÈS

Le...

ARNOLPHE

Plaît-il ?[1]

AGNÈS

Je n'ose,

Et vous vous fâcheriez peut-être contre moi.

ARNOLPHE

Non.

AGNÈS

Si fait[2].

ARNOLPHE

Mon Dieu ! non.

AGNÈS

Jurez donc votre foi.

ARNOLPHE

575 Ma foi, soit.

AGNÈS

Il m'a pris... Vous serez en colère.

ARNOLPHE

Non.

AGNÈS

Si.

ARNOLPHE

Non, non, non, non ! Diantre ! que de mystère !
Qu'est-ce qu'il vous a pris ?

AGNÈS

Il...

ARNOLPHE, *à part.*

Je souffre en damné.

---

1. **Plaît-il ?** : comment ?
2. **Si fait** : mais si.

AGNÈS

Il m'a pris le ruban que vous m'aviez donné.
À vous dire le vrai, je n'ai pu m'en défendre.

ARNOLPHE, *reprenant haleine.*

580 Passe pour le ruban. Mais je voulais apprendre
S'il ne vous a rien fait que vous baiser les bras.

AGNÈS

Comment ! est-ce qu'on fait d'autres choses ?

ARNOLPHE

                              Non pas.

Mais, pour guérir du mal qu'il dit qui le possède[1],
N'a-t-il point exigé de vous d'autre remède ?

AGNÈS

585 Non. Vous pouvez juger, s'il en eût demandé,
Que pour le secourir j'aurais tout accordé.

ARNOLPHE, *bas, à part.*

Grâce aux bontés du Ciel, j'en suis quitte à bon compte.
Si je retombe plus[2], je veux bien qu'on m'affronte[3].
Chut ! *(Haut.)* De votre innocence, Agnès, c'est un effet ;
590 Je ne vous en dis mot, ce qui s'est fait est fait.
Je sais qu'en vous flattant le galant ne désire
Que de vous abuser[4], et puis après s'en rire.

AGNÈS

Oh ! point. Il me l'a dit plus de vingt fois à moi.

ARNOLPHE

Ah ! vous ne savez pas ce que c'est que sa foi.
595 Mais enfin apprenez qu'accepter des cassettes
Et de ces beaux blondins[5] écouter les sornettes,
Que se laisser par eux, à force de langueur,
Baiser ainsi les mains et chatouiller le cœur,
Est un péché mortel des plus gros qu'il se fasse.

---

1. **Qu'il dit qui le possède** : qui, dit-il, le possède.
2. **Si je retombe plus** : si je m'y laisse prendre à nouveau.
3. **Affronter** : tromper, outrager.
4. **Abuser** : tromper.
5. **Blondin** : jeune galant aux charmes un peu graciles.

AGNÈS

600 Un péché, dites-vous ! et la raison, de grâce ?

ARNOLPHE

La raison ? La raison est l'arrêt prononcé
Que par ces actions le Ciel est courroucé.

AGNÈS

Courroucé ? Mais pourquoi faut-il qu'il s'en courrouce ?
C'est une chose, hélas ! si plaisante et si douce !
605 J'admire quelle joie on goûte à tout cela,
Et je ne savais point encor ces choses-là.

ARNOLPHE

Oui ; c'est un grand plaisir que toutes ces tendresses,
Ces propos si gentils et ces douces caresses ;
Mais il faut le goûter en toute honnêteté,
610 Et qu'en se mariant le crime en soit ôté.

AGNÈS

N'est-ce plus un péché lorsque l'on se marie ?

ARNOLPHE

Non.

AGNÈS

Mariez-moi donc promptement, je vous prie.

ARNOLPHE

Si vous le souhaitez, je le souhaite aussi,
Et pour vous marier on me revoit ici.

AGNÈS

615 Est-il possible ?

ARNOLPHE

Oui.

AGNÈS

Que vous me ferez aise !

ARNOLPHE

Oui, je ne doute point que l'hymen ne vous plaise.

AGNÈS

Vous nous voulez nous deux...

ARNOLPHE

Rien de plus assuré.

AGNÈS

Que, si cela se fait, je vous caresserai[1] !

ARNOLPHE

Hé ! la chose sera de ma part réciproque.

AGNÈS

620 Je ne reconnais point, pour moi, quand on se moque.
Parlez-vous tout de bon ?

ARNOLPHE

Oui, vous le pourrez voir.

AGNÈS

Nous serons mariés ?

ARNOLPHE

Oui.

AGNÈS

Mais quand ?

ARNOLPHE

Dès ce soir.

AGNÈS, *riant.*

Dès ce soir ?

ARNOLPHE

Dès ce soir. Cela vous fait donc rire ?

AGNÈS

Oui.

ARNOLPHE

Vous voir bien contente est ce que je désire.

AGNÈS

625 Hélas ! que je vous ai grande obligation !
Et qu'avec lui j'aurai de satisfaction !

ARNOLPHE

Avec qui ?

---

1. **Caresser** : traiter avec affection, amabilité ; le sens moderne est également en usage au XVIIᵉ siècle, ce qui permet le glissement de signification de la réplique d'Agnès à celle d'Arnolphe (v. 619).

AGNÈS

Avec... Là...

ARNOLPHE

Là... là n'est pas mon compte.
À choisir un mari vous êtes un peu prompte.
C'est un autre en un mot, que je vous tiens tout prêt,
630 Et quant au Monsieur *Là*, je prétends, s'il vous plaît,
Dût le mettre au tombeau le mal dont il vous berce,
Qu'avec lui désormais vous rompiez tout commerce ;
Que, venant au logis[1], pour votre compliment[2]
Vous lui fermiez au nez la porte honnêtement,
635 Et lui jetant, s'il heurte, un grès[3] par la fenêtre,
L'obligiez tout de bon à ne plus y paraître.
M'entendez-vous, Agnès ? Moi, caché dans un coin,
De votre procédé[4] je serai le témoin.

AGNÈS

Las ! il est si bien fait ! C'est...

ARNOLPHE

Ah ! que de langage !

AGNÈS

640 Je n'aurai pas le cœur...

ARNOLPHE

Point de bruit davantage.
Montez là-haut.

AGNÈS

Mais quoi ! voulez-vous...

ARNOLPHE

C'est assez.
Je suis maître, je parle : allez, obéissez[5].

---

1. **Venant au logis** : se rapporte à Horace, signifie « s'il vient au logis ».
2. **Pour votre compliment** : pour vous faire des civilités.
3. **Grès** : pierre.
4. **Procédé** : façon d'agir.
5. Réplique empruntée à la tragédie de Corneille, *Sertorius* (1662), vers 1867-1868.

REPÈRES

• Quelle progression peut-on remarquer entre le monologue de la scène 1 et celui de la scène 4 ?
• Depuis quand le spectateur attend-il la scène 5 ? Comment Molière s'y prend-il pour créer cette attente ?

OBSERVATION

• Scène 4. Quel trait de caractère d'Arnolphe se trouve mis en lumière par la référence qu'il fait à Plutarque ? Confrontez cette « instruction » au dénouement de l'acte. Quel sens se dégage alors ?
• En vous appuyant sur l'évolution des modalités de la phrase dans les répliques d'Arnolphe et d'Agnès, vous dégagerez et commenterez la progression de la scène 5.
• Dégagez les différents mouvements du long récit d'Agnès (v. 484-564) : comment ce récit met-il en valeur l'évolution d'Agnès ? Quel effet produit-il sur Arnolphe ? sur le spectateur ?
• V. 512-534. Comment Agnès rapporte-t-elle sa conversation avec la vieille ? Quelle difficulté particulière ce passage présente-t-il pour l'actrice qui joue Agnès ? Dans quelle mesure peut-on ici parler de « théâtre dans le théâtre ? »
• Repérez et délimitez les deux quiproquos de la scène 5. En vous efforçant de relever des termes précis, montrez quand et comment se noue, se poursuit et se dénoue chacun des quiproquos.
• Quelles similitudes et quelles différences observez-vous entre les deux quiproquos ?
• En confrontant votre réaction à celle de chacun des personnages, montrez comment le spectateur participe aux quiproquos.

INTERPRÉTATIONS

• Après le silence réticent du début, Agnès s'avère être une conteuse prolixe, ne passant aucun détail de ses entrevues avec Horace, non plus que de sa conversation avec « une vieille ». Comment interprétez-vous l'exactitude de son récit ?

L'acte II peint un Arnolphe contradictoire, oscillant entre deux stratégies, celle du sage qui réfléchit et calcule, celle du « fou » – c'est ainsi que le désigne Chrysalde (v. 195) – qui s'emporte et détruit ses propres précautions.

La stratégie du sage

La stratégie du sage est une parade d'Arnolphe pour maîtriser ses réactions premières – de colère, d'emportement, de dépit – qui risquent de compromettre davantage encore la situation en le poussant à l'action irréfléchie et au dévoilement de ses intérêts, tant auprès d'Horace que d'Agnès. Il cherche alors à se convaincre de la nécessité d'une action mesurée : en un mot réfléchir avant d'agir, comme le lui enseigne le moraliste antique Tacite. Fort de ce sage conseil, il se donne une ligne de conduite. Il s'agit de s'assurer de l'étendue des dommages subis tout en conservant le seul bénéfice de sa situation : n'avoir pas été reconnu d'Horace, n'avoir pas encore fait connaître ses intentions à Agnès. Arnolphe entend bien ainsi faire contre mauvaise fortune bonne stratégie et contourner les obstacles par une tentative d'omniscience : plus il en saura, mieux il agira, pense-t-il – du moins en théorie. Car, en pratique, tout se passe à l'inverse : plus il en apprend, moins il réussit.

La stratégie du « fou »

Car le sage qui philosophe et se donne des principes cache un « fou » qui déraisonne et perd bientôt la maîtrise de soi et de la situation. Tout se gâte dès la scène 2. Pensant obtenir de ses valets les informations recherchées, l'enquêteur s'emporte et laisse paraître son dépit aux yeux de ceux qui l'ont déjà une fois « *trahi* ». Il venait pour interroger Agnès, il repart en lui intimant l'ordre de se taire et ne veut plus rien entendre de cette vérité qui blesse son amour-propre. Lucien Guitry, interprète fameux d'Arnolphe au début du XXe siècle, résumait *L'École des femmes* à l'histoire d'une « brûlante rage d'amour ». « *Fou* » qui se croit sage, Arnolphe est un personnage paradoxal, qui va au rebours de ses propres desseins. De même qu'il réduit au silence Alain et Georgette dont il espérait obtenir des informations, il finit par en apprendre autant à Agnès sur les choses de l'amour qu'il en apprend d'elle sur ses rencontres avec Horace.

Acte III

Scène première. Arnolphe, Agnès, Alain, Georgette.

ARNOLPHE

Oui, tout a bien été, ma joie est sans pareille.
Vous avez là suivi mes ordres à merveille,
645 Confondu de tout point le blondin séducteur :
Et voilà de quoi sert un sage directeur[1].
Votre innocence, Agnès, avait été surprise :
Voyez, sans y penser, où vous vous étiez mise.
Vous enfiliez tout droit, sans mon instruction[2],
650 Le grand chemin d'enfer et de perdition.
De tous ces damoiseaux on sait trop les coutumes :
Ils ont de beaux canons[3], force rubans et plumes,
Grands cheveux, belles dents et des propos fort doux ;
Mais, comme je vous dis, la griffe est là-dessous,
655 Et ce sont vrais Satans, dont la gueule altérée
De l'honneur féminin cherche à faire curée[4].
Mais, encore une fois, grâce au soin apporté,
Vous en êtes sortie avec honnêteté.
L'air dont je vous ai vu lui jeter cette pierre,
660 Qui de tous ses desseins a mis l'espoir par terre,
Me confirme encor mieux à ne point différer
Les noces où[5] je dis qu'il vous faut préparer.

---

1. **Directeur** : directeur de conscience.
2. **Instruction** : conseil.
3. **Canons** : ornement de dentelle en forme de volant qui se portait au-dessus du genou.
4. **Faire curée** : terme de vénerie qui désigne, au sens propre, le repas que l'on fait faire aux chiens et aux oiseaux, en leur laissant manger la bête qu'ils ont prise. Sens figuré ici.
5. **Où** : au lieu du relatif « auxquelles ». Tournure fréquente au XVIIe siècle.

Mais, avant toute chose, il est bon de vous faire
Quelque petit discours qui vous soit salutaire.
665 Un siège au frais ici.
(À Georgette.)

      Vous, si jamais en rien...

GEORGETTE

De toutes vos leçons nous nous souviendrons bien.
Cet autre monsieur-là nous en faisait accroire[1] ;
Mais...

ALAIN

    S'il entre jamais, je veux jamais ne boire.
Aussi bien est-ce un sot : il nous a l'autre fois
670 Donné deux écus d'or qui n'étaient pas de poids[2].

ARNOLPHE

Ayez donc pour souper tout ce que je désire,
Et pour notre contrat, comme je viens de dire,
Faites venir ici, l'un ou l'autre au retour,
Le notaire qui loge au coin de ce carfour[3].

---

1. **Nous en faisait accroire :** voulait nous faire croire des choses fausses.
2. **N'étaient pas de poids :** n'avaient pas le poids légal et étaient donc d'une moindre valeur.
3. **Carfour :** graphie concurrente de « carrefour ».

Repères

• Que s'est-il passé durant l'entracte ? La situation, au début de l'acte III, apparaît-elle comme la conséquence logique de l'acte II ?
• À quoi le spectateur s'attend-il à l'issue de la première scène ?

Observation

• Étudiez la valeur des principaux temps : en quoi contribuent-ils à donner à la tirade d'Arnolphe une valeur conclusive ?
• Quels traits du discours et du caractère d'Arnolphe resurgissent dans cette tirade ?
• V. 669-670 : qu'est-ce qui fait le sel de cette réplique ? Suggérez différentes manières de comprendre l'absence de réaction d'Arnolphe.

Interprétations

• Agnès ne parle pas dans cette scène et aucune didascalie ne nous renseigne sur son comportement durant le discours d'Arnolphe. Imaginez différentes attitudes possibles d'Agnès et montrez que la signification de la scène en dépend pour une part.
• Georgette et Alain ont totalement changé d'attitude : leur insoumission passée semble s'être transformée en parfaite servilité. En quoi ce retournement éclaire-t-il la psychologie des valets ?
• Le faux dénouement. Montrez que cette scène se présente comme une parodie de dénouement. Comment le lecteur sait-il qu'il n'en sera pas ainsi que le pense Arnolphe ?

SCÈNE 2. ARNOLPHE, AGNÈS.

ARNOLPHE, *assis.*

675 Agnès, pour m'écouter laissez là votre ouvrage.
Levez un peu la tête et tournez le visage ;
Là, regardez-moi là, durant cet entretien.
Et jusqu'au moindre mot imprimez-vous-le bien.
Je vous épouse, Agnès, et cent fois la journée
680 Vous devez bénir l'heur[1] de votre destinée,
Contempler la bassesse[2] où vous avez été,
Et dans le même temps admirer ma bonté
Qui, de ce vil état de pauvre villageoise,
Vous fait monter au rang d'honorable bourgeoise,
685 Et jouir de la couche et des embrassements
D'un homme qui fuyait tous ces engagements
Et dont à vingt partis fort capables de plaire
Le cœur a refusé l'honneur qu'il vous veut faire.
Vous devez toujours, dis-je, avoir devant les yeux
690 Le peu que vous étiez sans ce nœud glorieux,
Afin que cet objet[3] d'autant mieux vous instruise
À mériter l'état où je vous aurai mise,
À toujours vous connaître, et faire qu'à jamais
Je puisse me louer de l'acte que je fais.
695 Le mariage, Agnès, n'est pas un badinage.
À d'austères devoirs le rang de femme engage,
Et vous n'y montez pas, à ce que je prétends,
Pour être libertine[4] et prendre du bon temps.
Votre sexe n'est là que pour la dépendance :

---

1. **L'heur** : étymologiquement : « le sort » au sens neutre. Employé seul il peut, déjà au XVIIe siècle, signifier « bonheur » comme c'est ici le cas.
2. **La bassesse** : le fait d'être de basse condition sociale.
3. **Cet objet** : dans le contexte, « cette idée, cette réflexion » (que je vous fais beaucoup d'honneur).
4. **Libertine** : qui ne suit que son plaisir, qui prend du bon temps. Le sens moderne de « qui vit dans le dérèglement et la licence des mœurs » n'apparaît qu'à la fin du XVIIe siècle.

700 Du côté de la barbe est la toute-puissance.
    Bien qu'on soit deux moitiés de la société,
    Ces deux moitiés pourtant n'ont point d'égalité :
    L'une est moitié suprême, et l'autre subalterne ;
    L'une en tout est soumise à l'autre, qui gouverne ;
705 Et ce que le soldat, dans son devoir instruit,
    Montre d'obéissance au chef qui le conduit,
    Le valet à son maître, un enfant à son père,
    À son supérieur le moindre petit frère[1],
    N'approche point encor de la docilité,
710 Et de l'obéissance, et de l'humilité,
    Et du profond respect, où la femme doit être
    Pour son mari, son chef, son seigneur et son maître.
    Lorsqu'il jette sur elle un regard sérieux,
    Son devoir aussitôt est de baisser les yeux,
715 Et de n'oser jamais le regarder en face
    Que quand d'un doux regard il lui veut faire grâce[2].
    C'est ce qu'entendent[3] mal les femmes d'aujourd'hui.
    Mais ne vous gâtez pas sur l'exemple d'autrui.
    Gardez-vous d'imiter ces coquettes vilaines
720 Dont par toute la ville on chante les fredaines
    Et de vous laisser prendre aux assauts du malin[4],
    C'est-à-dire d'ouïr aucun jeune blondin.
    Songez qu'en vous faisant moitié de ma personne,
    C'est mon honneur, Agnès, que je vous abandonne ;
725 Que cet honneur est tendre et se blesse de peu ;
    Que sur un tel sujet il ne faut point de jeu,
    Et qu'il est aux enfers des chaudières bouillantes
    Où l'on plonge à jamais les femmes mal vivantes[5].
    Ce que je vous dis là ne sont pas des chansons,

---

1. **Frère :** frère servant chargé dans les couvents des tâches subalternes.
2. **Faire grâce :** faire plaisir, être agréable.
3. **Entendent :** sens intellectuel de « comprendre ».
4. **Le malin :** terme traditionnel pour désigner le Diable.
5. **Mal vivantes :** vivant selon le mal, de mauvaise vie.

730 Et vous devez du cœur dévorer ces leçons.
   Si votre âme les suit et fuit d'être coquette,
   Elle sera toujours comme un lis blanche et nette ;
   Mais, s'il faut qu'à l'honneur elle fasse un faux bond,
   Elle deviendra lors noire comme un charbon ;
735 Vous paraîtrez à tous un objet effroyable,
   Et vous irez un jour, vrai partage du diable[1],
   Bouillir dans les enfers à toute éternité,
   Dont vous veuille[2] garder la céleste bonté.
   Faites la révérence. Ainsi qu'une novice[3]
740 Par cœur dans le couvent doit savoir son office[4],
   Entrant au mariage, il en faut faire autant :
      (Il se lève.)
   Et voici dans ma poche un écrit important
   Qui vous enseignera l'office de la femme.
   J'en ignore l'auteur, mais c'est quelque bonne âme,
745 Et je veux que ce soit votre unique entretien[5].
   Tenez. Voyons un peu si vous le lirez bien.

AGNÈS, *lit.*
LES MAXIMES DU MARIAGE
OU
LES DEVOIRS DE LA FEMME MARIÉE,
Avec son exercice journalier.

Iʳᵉ MAXIME.

   Celle qu'un lien honnête
   Fait entrer au lit d'autrui
   Doit se mettre dans la tête,
750   Malgré le train d'aujourd'hui,
   Que l'homme qui la prend ne la prend que pour lui.

---

1. **Vrai partage du diable :** vraie proie du diable.
2. **Dont vous veuille :** subjonctif de prière. Puisse la céleste bonté vous garder de bouillir dans les enfers.
3. **Novice :** qui vient d'entrer au couvent.
4. **Office :** devoir religieux.
5. **Votre unique entretien :** votre unique préoccupation. Parodie d'*Horace* de Corneille (vers 1277).

ARNOLPHE

Je vous expliquerai ce que cela veut dire ;
Mais, pour l'heure présente, il ne faut rien que lire.

AGNÈS, *poursuit.*

IIe MAXIME.

Elle ne se doit parer
755   Qu'autant que peut désirer
Le mari qui la possède.
C'est lui que touche seul le soin de sa beauté,
Et pour rien doit être compté
Que les autres la trouvent laide.

IIIe MAXIME.

760   Loin ces études d'œillades,
Ces eaux, ces blancs[1], ces pommades,
Et mille ingrédients qui font des teints fleuris !
À l'honneur tous les jours ce sont drogues mortelles,
Et les soins de paraître belles
765   Se prennent peu pour les maris.

IVe MAXIME.

Sous sa coiffe, en sortant, comme l'honneur l'ordonne,
Il faut que de ses yeux elle étouffe les coups :
Car, pour bien plaire à son époux,
Elle ne doit plaire à personne.

Ve MAXIME.

770   Hors ceux dont au mari la visite se rend,
La bonne règle défend
De recevoir aucune âme.
Ceux qui, de galante humeur,
N'ont affaire qu'à Madame,
775   N'accommodent pas[2] Monsieur.

---

1. **Blancs :** fards à base de blanc de céruse.
2. **N'accommodent pas :** ne plaisent pas à.

VIᵉ MAXIME.

Il faut des présents des hommes
Qu'elle se défende bien ;
Car, dans le siècle où nous sommes,
On ne donne rien pour rien.

VIIᵉ MAXIME.

780   Dans ses meubles, dût-elle en avoir de l'ennui,
Il ne faut écritoire, encre, papier ni plumes.
Le mari doit, dans les bonnes coutumes,
Écrire tout ce qui s'écrit chez lui.

VIIIᵉ MAXIME.

Ces sociétés déréglées,
785   Qu'on nomme belles assemblées,
Des femmes, tous les jours, corrompent les esprits.
En bonne politique[1], on les doit interdire,
Car c'est là que l'on conspire
Contre les pauvres maris.

IXᵉ MAXIME.

790   Toute femme qui veut à l'honneur se vouer
Doit se défendre de jouer,
Comme d'une chose funeste :
Car ce jeu fort décevant,
Pousse une femme souvent
795   À jouer de tout son reste[2].

Xᵉ MAXIME.

Des promenades du temps
Ou repas qu'on donne aux champs,
Il ne faut pas qu'elle essaye.
Selon les prudents cerveaux,

---

1. **En bonne politique :** lorsque l'on dirige bien sa maison.
2. **À jouer de tout son reste :** à mettre en péril son honneur. Locution dont l'origine est certainement un terme de jeu : « donner son reste », c'est donner ce que l'on doit pour les cartes qui restent en main.

800   Le mari, dans ces cadeaux[1],
       Est toujours celui qui paye.

XIe MAXIME...

ARNOLPHE

Vous achèverez seule, et pas à pas tantôt
Je vous expliquerai ces choses comme il faut.
Je me suis souvenu d'une petite affaire ;
805 Je n'ai qu'un mot à dire et ne tarderai guère.
Rentrez, et conservez ce livre chèrement.
Si le notaire vient, qu'il m'attende un moment.

SCÈNE 3. ARNOLPHE.

Je ne puis faire mieux que d'en faire ma femme.
Ainsi que je voudrai, je tournerai cette âme :
810 Comme un morceau de cire entre mes mains elle est,
Et je lui puis donner la forme qui me plaît.
Il s'en est peu fallu que, durant mon absence,
On ne m'ait attrapé par son trop d'innocence ;
Mais il vaut beaucoup mieux, à dire vérité,
815 Que la femme qu'on a pèche de ce côté.
De ces sortes d'erreurs le remède est facile :
Toute personne simple aux leçons est docile,
Et, si du bon chemin on l'a fait écarter,
Deux mots incontinent[2] l'y peuvent rejeter.

---

1. **Cadeaux** : divertissements offerts aux dames : concert, bal, repas...
2. **Incontinent** : aussitôt.

Agnès (Isabelle Adjani) lit les « Maximes ».
Mise en scène de Jean-Paul Roussillon
à la Comédie-Française, 1973.

Repères

- Relevez le vers de la scène 1 qui annonce la scène 2.
- Quels sont les deux grands moments de cette scène ?
- Qu'est-ce qui en fait l'unité de thème et de ton ?

Observation

- V. 675-738. Étudiez la construction du sermon d'Arnolphe sur le mariage.
- Dans *L'Épître aux Éphésiens*, saint Paul veut que « les femmes soient soumises à leurs maris, comme au Seigneur », modèle de l'époux. Mais cette soumission librement consentie est inspirée à la femme par l'amour et inspire en retour l'amour du mari. Montrez comment Arnolphe trahit l'esprit du texte saint.
- V. 727-738. Étudiez les images. À quelles fins Arnolphe les utilise-t-il ? Quelle représentation se fait-il des femmes et du péché ?
- Pourquoi Arnolphe fait-il lire les Maximes à Agnès ? Quel est l'intérêt de ce changement d'énonciateur ? Quels effets le metteur en scène peut-il en tirer ?

Interprétations

- Très tôt les Maximes ne furent pas toutes récitées à la scène. Louis Jouvet choisira cependant de les conserver dans leur intégralité. Que pensez-vous de ces deux options. Quelles raisons les motivent ?
- Philippe Sollers écrit à propos des Maximes : « Ce qui ressort de ces dix commandements c'est la peur d'avoir à payer. » (*Gazette du Français*, décembre 1983). Vous expliquerez et développerez ce point de vue en vous fondant sur des exemples précis.

820 Mais une femme habile[1] est bien une autre bête[2] :
Notre sort ne dépend que de sa seule tête[3].
De ce qu'elle s'y met[4] rien ne la fait gauchir[5],
Et nos enseignements ne font là que blanchir[6].
Son bel esprit lui sert à railler nos maximes,
825 À se faire souvent des vertus de ses crimes[7],
Et trouver, pour venir à ses coupables fins,
Des détours à duper l'adresse des plus fins.
Pour se parer du coup en vain on se fatigue :
Une femme d'esprit est un diable en intrigue,
830 Et, dès que son caprice a prononcé tout bas
L'arrêt de notre honneur, il faut passer le pas[8].
Beaucoup d'honnêtes gens en pourraient bien que dire[9].
Enfin mon étourdi n'aura pas lieu d'en rire :
Par son trop de caquet il a ce qu'il lui faut.
835 Voilà de nos Français l'ordinaire défaut.
Dans la possession d'une bonne fortune,
Le secret est toujours ce qui les importune,
Et la vanité sotte a pour eux tant d'appas
Qu'ils se pendraient plutôt que de ne causer pas.
840 Eh ! que les femmes sont du diable bien tentées
Lorsqu'elles vont choisir ces têtes éventées[10],
Et que... Mais le voici, cachons-nous toujours bien,
Et découvrons un peu quel chagrin est le sien.

---

1. **Femme habile :** femme d'esprit.
2. **Une autre bête :** un animal d'une autre sorte.
3. **De sa seule tête :** de sa seule volonté.
4. **De ce qu'elle s'y met :** quand elle le décide.
5. **Gauchir :** dévier.
6. **Blanchir :** échouer, être inefficace.
7. **Crimes :** manquements à la morale, péchés.
8. **Passer le pas :** sauter le pas, sous-entendu ici, être trompé.
9. **Pourraient bien que dire :** pourraient bien trouver à redire.
10. **Éventées :** au sens figuré, écervelées, inconsidérées.

SCÈNE 4. HORACE, ARNOLPHE.

HORACE

Je reviens de chez vous, et le destin me montre
845 Qu'il n'a pas résolu que je vous y rencontre.
Mais j'irai tant de fois qu'enfin quelque moment...

ARNOLPHE

Hé ! mon Dieu, n'entrons point dans ce vain compliment.
Rien ne me fâche tant que ces cérémonies,
Et, si l'on m'en croyait, elles seraient bannies.
850 C'est un maudit usage, et la plupart des gens
Y perdent sottement les deux tiers de leur temps.
Mettons donc[1], sans façons. Hé bien ! vos amourettes ?
Puis-je, Seigneur Horace, apprendre où vous en êtes ?
J'étais tantôt distrait par quelque vision[2] ;
855 Mais, depuis, là-dessus, j'ai fait réflexion :
De vos premiers progrès j'admire la vitesse,
Et dans l'événement mon âme s'intéresse.

HORACE

Ma foi, depuis qu'à vous s'est découvert mon cœur,
Il est à mon amour arrivé du malheur.

ARNOLPHE

860 Oh ! oh ! comment cela ?

HORACE

                    La fortune cruelle
A ramené des champs le patron de la belle.

ARNOLPHE

Quel malheur !

HORACE

              Et de plus, à mon très grand regret
Il a su de nous deux le commerce secret.

---

1. **Mettons donc** : sous-entendu, notre chapeau. Formule de politesse usuelle.
2. **Vision** : rêverie, pensée.

ARNOLPHE

D'où, diantre ! a-t-il sitôt appris cette aventure ?

HORACE

865 Je ne sais ; mais enfin c'est une chose sûre.
Je pensais aller rendre, à mon heure à peu près,
Ma petite visite à ses jeunes attraits,
Lorsque, changeant pour moi de ton et de visage,
Et servante et valet m'ont bouché le passage,
870 Et d'un : « Retirez-vous, vous nous importunez »,
M'ont assez rudement fermé la porte au nez.

ARNOLPHE

La porte au nez !

HORACE

Au nez.

ARNOLPHE

La chose est un peu forte.

HORACE

J'ai voulu leur parler au travers de la porte ;
Mais à tous mes propos ce qu'ils m'ont répondu,
875 C'est : « Vous n'entrerez point, Monsieur l'a défendu. »

ARNOLPHE

Ils n'ont donc point ouvert ?

HORACE

Non ; et de la fenêtre
Agnès m'a confirmé le retour de ce maître
En me chassant de là d'un ton plein de fierté,
Accompagné d'un grès que sa main a jeté.

ARNOLPHE

880 Comment, d'un grès ?

HORACE

D'un grès de taille non petite,
Dont on a par ses mains régalé ma visite.

ARNOLPHE

Diantre ! ce ne sont pas des prunes[1] que cela,
Et je trouve fâcheux l'état où vous voilà.

HORACE

Il est vrai, je suis mal par ce retour funeste.

ARNOLPHE

885 Certes j'en suis fâché pour vous, je vous proteste[2].

HORACE

Cet homme me rompt tout.

ARNOLPHE

                    Oui, mais cela n'est rien,
Et de vous raccrocher vous trouverez moyen.

HORACE

Il faut bien essayer par quelque intelligence
De vaincre du jaloux l'exacte vigilance.

ARNOLPHE

890 Cela vous est facile, et la fille, après tout,
Vous aime ?

HORACE

          Assurément.

ARNOLPHE

              Vous en viendrez à bout.

HORACE

Je l'espère.

ARNOLPHE

          Le grès vous a mis en déroute ;
Mais cela ne doit pas vous étonner.

HORACE

                        Sans doute ;
Et j'ai compris d'abord que mon homme était là,
895 Qui, sans se faire voir, conduisait tout cela.
Mais ce qui m'a surpris, et qui va vous surprendre,
C'est un autre incident que vous allez entendre,

---

1. **Ce ne sont pas des prunes** : ce n'est pas rien.
2. **Je vous proteste** : je vous assure.

Un trait hardi qu'a fait cette jeune beauté,
Et qu'on n'attendrait point de sa simplicité.
900 Il le faut avouer, l'amour est un grand maître[1].
Ce qu'on ne fut jamais, il nous enseigne à l'être,
Et souvent de nos mœurs l'absolu changement
Devient par ses leçons l'ouvrage d'un moment.
De la nature en nous il force les obstacles,
905 Et ses effets soudains ont de l'air des miracles :
D'un avare à l'instant il fait un libéral,
Un vaillant d'un poltron, un civil d'un brutal ;
Il rend agile à tout l'âme la plus pesante,
Et donne de l'esprit à la plus innocente.
910 Oui, ce dernier miracle éclate dans Agnès,
Car, tranchant avec moi par ces termes exprès[2] :
« Retirez-vous, mon âme aux visites renonce ;
Je sais tous vos discours, et voilà ma réponse »,
Cette pierre, ou ce grès, dont vous vous étonniez,
915 Avec un mot de lettre est tombée à mes pieds ;
Et j'admire de voir cette lettre ajustée
Avec le sens des mots et la pierre jetée.
D'une telle action n'êtes-vous pas surpris ?
L'amour sait-il pas l'art d'aiguiser les esprits ?
920 Et peut-on me nier que ses flammes puissantes
Ne fassent dans un cœur des choses étonnantes[3] ?
Que dites-vous du tour et de ce mot d'écrit ?
Euh ! n'admirez-vous point cette adresse d'esprit ?
Trouvez-vous pas plaisant de voir quel personnage
925 A joué mon jaloux dans tout ce badinage ?
Dites.

ARNOLPHE
Oui, fort plaisant.

---

1. **L'amour est un grand maître** : hémistiche emprunté à Corneille dans la
suite du *Menteur*, v. 595.
2. **Exprès** : justement choisis.
3. **Étonnantes** : stupéfiantes (sens plus fort qu'aujourd'hui).

HORACE
Riez-en donc un peu.
(Arnolphe rit d'un ris forcé.)
Cet homme gendarmé d'abord contre mon feu,
Qui chez lui se retranche et de grès fait parade,
Comme si j'y voulais entrer par escalade,
930 Qui pour me repousser, dans son bizarre[1] effroi,
Anime du dedans tous ses gens contre moi,
Et qu'abuse à ses yeux, par sa machine[2] même,
Celle qu'il veut tenir dans l'ignorance extrême !
Pour moi, je vous l'avoue, encor que son retour
935 En un grand embarras jette ici mon amour,
Je tiens cela plaisant autant qu'on saurait dire ;
Je ne puis y songer sans de bon cœur en rire ;
Et vous n'en riez pas assez, à mon avis.

ARNOLPHE, *avec un ris forcé.*
Pardonnez-moi, j'en ris tout autant que je puis.

HORACE
940 Mais il faut qu'en ami je vous montre la lettre.
Tout ce que son cœur sent, sa main a su l'y mettre,
Mais en termes touchants, et tout pleins de bonté,
De tendresse innocente et d'ingénuité ;
De la manière enfin que la pure nature
945 Exprime de l'amour la première blessure.

ARNOLPHE, *bas.*
Voilà, friponne, à quoi l'écriture te sert,
Et contre mon dessein, l'art t'en fut découvert.

HORACE, *lit.*
Je veux vous écrire, et je suis bien en peine par où[3] je
m'y prendrai. J'ai des pensées que je désirerais que vous
sussiez ; mais je ne sais comment faire pour vous les dire,
et je me défie de mes paroles. Comme je commence à

---

1. **Bizarre :** fantasque, extravagant.
2. **Machine :** machination.
3. **Par où :** de savoir par où (latinisme).

v connaître qu'on m'a toujours tenue dans l'ignorance, j'ai
peur de mettre quelque chose qui ne soit pas bien, et d'en
dire plus que je ne devrais. En vérité, je ne sais ce que vous
m'avez fait, mais je sens que je suis fâchée à mourir de ce
qu'on me fait faire contre vous, que j'aurai toutes les peines
x du monde à me passer de vous, et que je serais bien aise
d'être à vous. Peut-être qu'il y a du mal à dire cela ; mais
enfin je ne puis m'empêcher de le dire, et je voudrais que
cela se pût faire sans qu'il y en eût. On me dit fort que tous
les jeunes hommes sont des trompeurs, qu'il ne les faut
xv point écouter, et que tout ce que vous me dites n'est que
pour m'abuser ; mais je vous assure que je n'ai pu encore
me figurer cela de vous ; et je suis si touchée de vos paroles
que je ne saurais croire qu'elles soient menteuses. Dites-moi
franchement ce qui en est : car enfin, comme je suis sans
xx malice[1], vous auriez le plus grand tort du monde si vous
me trompiez, et je pense que j'en mourrais de déplaisir[2].

ARNOLPHE, *à part.*

Hon ! chienne !

HORACE

Qu'avez-vous ?

ARNOLPHE

Moi ? rien ; c'est que je tousse.

HORACE

Avez-vous jamais vu d'expression plus douce ?
950 Malgré les soins maudits d'un injuste pouvoir,
Un plus beau naturel peut-il se faire voir ?
Et n'est-ce pas sans doute un crime punissable
De gâter méchamment ce fonds d'âme admirable,
D'avoir dans l'ignorance et la stupidité
955 Voulu de cet esprit étouffer la clarté ?
L'amour a commencé d'en déchirer le voile

---

1. **Sans malice** : sans vouloir faire le mal.
2. **Déplaisir** : désespoir (sens plus fort qu'aujourd'hui).

Et si, par la faveur de quelque bonne étoile,
Je puis, comme j'espère, à ce franc animal[1],
Ce traître, ce bourreau, ce faquin[2], ce brutal...

ARNOLPHE

960 Adieu.

HORACE

Comment ! si vite ?

ARNOLPHE

Il m'est dans la pensée
Venu tout maintenant[3] une affaire pressée.

HORACE

Mais ne sauriez-vous point, comme on la tient de près,
Qui dans cette maison pourrait avoir accès ?
J'en use sans scrupule, et ce n'est pas merveille[4]
965 Qu'on se puisse entre amis servir à la pareille[5] ;
Je n'ai plus là dedans que gens pour m'observer,
Et servante et valet, que je viens de trouver,
N'ont jamais, de quelque air que je m'y sois pu prendre,
Adouci leur rudesse à me vouloir entendre.
970 J'avais pour de tels coups certaine vieille en main,
D'un génie[6], à vrai dire, au-dessus de l'humain.
Elle m'a dans l'abord[7] servi de bonne sorte,
Mais depuis quatre jours la pauvre femme est morte.
Ne me pourriez-vous point ouvrir quelque moyen ?

ARNOLPHE

975 Non vraiment, et sans moi vous en trouverez bien.

HORACE

Adieu donc. Vous voyez ce que je vous confie.

---

1. **Ce franc animal :** cette véritable brute.
2. **Faquin :** homme de rien, canaille.
3. **Tout maintenant :** immédiatement.
4. **Ce n'est pas merveille :** il n'est pas surprenant.
5. **À la pareille :** à charge de revanche.
6. **Génie :** talent.
7. **Dans l'abord :** au début.

Repères

• Le monologue d'Arnolphe ne fait guère progresser l'action. Quel peut alors être son intérêt dramatique ?

• « *Je reviens de chez vous* » dit Horace à Arnolphe au début de la scène 4 : de quelle maison s'agit-il ? Où Agnès se trouve-t-elle ?

• Quelles informations viennent modifier la connaissance que nous avions de ce qui s'est passé durant l'entracte ?

Observation

• V. 858-859. Expliquez le double sens de cette réplique : pour Arnolphe, pour le spectateur.

• V. 912-913 : quelle double lecture peut-on faire de ces deux vers ?

• V. 893-959. Relevez dans les répliques d'Horace les termes, expressions ou images appartenant au vocabulaire d'Arnolphe. Quel est l'effet produit par ces reprises ?

• V. 929-939. Étudiez la mise en scène du rire. Qui rit ? comment ? et pourquoi ? Quel vers du monologue d'Arnolphe (scène 3) ce passage met-il rétrospectivement en valeur ?

• Comparez la lettre d'Agnès au récit de la scène 5 de l'acte II. Agnès s'exprime-t-elle aussi bien à l'écrit qu'à l'oral ? Comment Molière restitue-t-il le mélange d'hésitation et de spontanéité de la jeune fille ?

Interprétations

• Les scènes 4 de l'acte I et II sont symétriques. Étudiez les éléments qui soulignent cette symétrie. En quoi la situation a-t-elle cependant changé ?

• Après avoir lu la scène 4, comment peut-on interpréter le silence d'Agnès au cours des scènes 1 et 2. Quels sentiments l'animaient alors ?

• Voici la critique qu'adresse Zélinde, personnage éponyme de la comédie de Donneau de Visé, à la lettre d'Agnès : « Elle dit encore cent autres choses qui font connaître qu'elle est la plus niaise personne du monde ; cependant, deux heures après, elle écrit une lettre qui ne peut vraisemblablement partir d'une personne qui a joué un semblable personnage. » Développez une argumentation à l'encontre de cette analyse.

SCÈNE 5. ARNOLPHE.

Comme il faut devant lui que je me mortifie[1] !
Quelle peine à cacher mon déplaisir cuisant !
Quoi ! pour une innocente, un esprit si présent[2] !
980 Elle a feint d'être telle à mes yeux, la traîtresse,
Ou le diable à son âme a soufflé cette adresse.
Enfin me voilà mort par ce funeste écrit.
Je vois qu'il a, le traître, empaumé son esprit[3],
Qu'à ma suppression[4] il s'est ancré chez elle,
985 Et c'est mon désespoir et ma peine mortelle.
Je souffre doublement dans le vol de son cœur,
Et l'amour y pâtit aussi bien que l'honneur.
J'enrage de trouver cette place usurpée,
Et j'enrage de voir ma prudence trompée.
990 Je sais que pour punir son amour libertin
Je n'ai qu'à laisser faire à son mauvais destin,
Que je serai vengé d'elle par elle-même ;
Mais il est bien fâcheux de perdre ce qu'on aime.
Ciel ! puisque pour un choix j'ai tant philosophé[5],
995 Faut-il de ses appas m'être si fort coiffé[6] !
Elle n'a ni parents, ni support[7], ni richesse ;
Elle trahit mes soins, mes bontés, ma tendresse ;
Et cependant je l'aime, après ce lâche tour,
Jusqu'à ne me pouvoir passer de cet amour.
1000 Sot, n'as-tu point de honte ? Ah ! je crève, j'enrage
Et je souffletterais mille fois mon visage.
Je veux entrer un peu, mais seulement pour voir

---

1. **Que je me mortifie** : que je m'humilie.
2. **Un esprit si présent** : une telle présence d'esprit.
3. **Empaumé son esprit** : subjugué son esprit comme on saisirait une balle dans sa main.
4. **Qu'à ma suppression** : que pour m'évincer.
5. **Philosophé** : réfléchi profondément. Avec une nuance ironique.
6. **Si fort coiffé** : tellement entiché.
7. **Support** : soutien.

Quelle est sa contenance après un trait si noir.
Ciel ! faites que mon front soit exempt de disgrâce[1],
1005 Ou bien, s'il est écrit qu'il faille que j'y passe[2],
Donnez-moi, tout au moins, pour de tels accidents,
La constance[3] qu'on voit à de certaines gens.

Didier Sandre (Arnolphe) dans la mise en scène d'Antoine Vitez,
Festival d'Avignon, 1978.

---

1. **Disgrâce :** malheur, infortune.
2. **Que j'y passe :** que je sois trompé à mon tour.
3. **Constance :** fermeté, force d'âme. Employé ironiquement.

Repères

• Comment se justifie le monologue dans les deux premiers vers ?
• Comparez ce monologue à celui de la scène 3 : quel contraste observez-vous ?

Observation

• À qui Arnolphe s'en prend-il successivement ? En quoi cette progression est-elle significative ?
• Montrez comment, sans le vouloir, Arnolphe unit Agnès à Horace dans son discours.
• Relevez les termes par lesquels Arnolphe désigne Agnès, Horace et lui-même. En quoi sont-ils significatifs ?
• Quel paradoxe de l'amour Arnolphe découvre-t-il ?
• V. 1002-1003. Que pensez-vous de la raison que se donne Arnolphe pour revoir Agnès ?
• V. 1004-1007. Identifiez la parodie. Qu'accepte implicitement Arnolphe ? Quelle concession fait-il au « *ciel* » ?

Interprétations

• Étudiez l'expression du paradoxe et du dilemme dans ce monologue. Quels effets Molière en tire-t-il ?

« L'amour est un grand maître »

Cet hémistiche emprunté à un vers de *La Suite du « Menteur »* de Corneille – « L'amour est un grand maître, il instruit tout d'un coup » – ne manque pas d'ironie placé dans la bouche d'Horace, lorsque l'on se souvient qu'à travers un autre emprunt à Corneille Arnolphe s'adressait ainsi à Agnès : « *Je suis maître, je parle : allez, obéissez.* » (v. 642). Plaisant changement d'école pour Agnès qui a tout appris de l'amour et rien retenu de la pédagogie moralisatrice et des ennuyeux sermons du maître Arnolphe.

Agnès et Horace à l'école de l'amour

Dans l'acte III, Agnès ne prend jamais personnellement la parole sur scène et n'a pourtant jamais été aussi présente. À travers les récits d'Horace et les monologues dépités d'Arnolphe, nous assistons indirectement à la métamorphose de l'enfant devenue femme sous l'inspiration de l'amour. Quel contraste entre son mutisme en présence d'Arnolphe et la délicate expression de son amour dans la lettre à Horace ! L'amour aime la jeunesse et son enseignement profite à l'innocence. Horace a lui aussi bénéficié de la leçon. Il sait à présent analyser ses sentiments et dégager le précepte de l'expérience, au contraire d'Arnolphe qui, appliquant la théorie avant d'avoir connu le sentiment, reçoit de l'amour une tout autre leçon.

L'amour est un grand traître

Arnolphe n'échappe pas, non plus, à ce vent d'amour qui souffle sur l'acte III et, pour la première fois, se découvre à son tour amoureux. Mais, outre que ses sentiments sont condamnés à la solitude du monologue, ils viennent trop tard. Le cœur d'Agnès est déjà pris et l'amour naissant du barbon achève de le ridiculiser. Lui qui prétendait initier Agnès aux devoirs et aux joies du mariage, le voici à l'école de la jeunesse et de l'innocence, découvrant par la bouche d'Horace et par les yeux d'Agnès les charmes qui lui sont ravis.

ACTE IV

SCÈNE PREMIÈRE. ARNOLPHE.

J'ai peine, je l'avoue, à demeurer en place,
Et de mille soucis mon esprit s'embarrasse
1010 Pour pouvoir mettre un ordre et dedans et dehors
Qui du godelureau[1] rompe tous les efforts.
De quel œil la traîtresse a soutenu ma vue !
De tout ce qu'elle a fait elle n'est point émue,
Et, bien qu'elle me mette à deux doigts du trépas,
1015 On dirait, à la voir, qu'elle n'y touche pas[2].
Plus en la regardant je la voyais tranquille,
Plus je sentais en moi s'échauffer une bile[3] ;
Et ces bouillants transports dont s'enflammait mon cœur
Y semblaient redoubler mon amoureuse ardeur.
1020 J'étais aigri, fâché, désespéré contre elle,
Et cependant jamais je ne la vis si belle ;
Jamais ses yeux aux miens n'ont paru si perçants,
Jamais je n'eus pour eux des désirs si pressants,
Et je sens là dedans[4] qu'il faudra que je crève
1025 Si de mon triste sort la disgrâce s'achève.
Quoi ! j'aurai dirigé son éducation
Avec tant de tendresse et de précaution,
Je l'aurai fait passer chez moi dès son enfance,
Et j'en aurai chéri la plus tendre espérance,
1030 Mon cœur aura bâti[5] sur ses attraits naissants,

---

1. **Godelureau** : jeune étourdi qui fait le joli cœur. Familier et péjoratif.
2. **Qu'elle n'y touche pas** : qu'elle est une sainte-nitouche.
3. **S'échauffer une bile** : monter la colère (voir note v. 451).
4. **Là dedans** : Arnolphe désigne son cœur.
5. **Aura bâti** : aura fait des projets. En emploi absolu.

Et cru la mitonner[1] pour moi durant treize ans,
Afin qu'un jeune fou dont elle s'amourache
Me la vienne enlever jusque sur la moustache[2],
Lorsqu'elle est avec moi mariée à demi ?
1035 Non, parbleu ! non, parbleu ! petit sot, mon ami,
Vous aurez beau tourner, ou j'y perdrai mes peines,
Ou je rendrai, ma foi, vos espérances vaines,
Et de moi tout à fait vous ne vous rirez point.

Scène 2. Le Notaire, Arnolphe.

LE NOTAIRE
Ah ! le voilà ! Bonjour : me voici tout à point[3]
1040 Pour dresser le contrat que vous souhaitez faire.

ARNOLPHE, *sans le voir*.
Comment faire ?

LE NOTAIRE
Il le faut dans la forme ordinaire.

ARNOLPHE, *sans le voir*.
À mes précautions je veux songer de près

LE NOTAIRE
Je ne passerai rien[4] contre vos intérêts

ARNOLPHE, *sans le voir*.
Il se faut garantir de toutes les surprises.

LE NOTAIRE
1045 Suffit qu'entre mes mains vos affaires soient mises.
Il ne vous faudra point, de peur d'être déçu,
Quittancer[5] le contrat que vous n'ayez reçu[6]

---

1. **Mitonner** : au sens propre, faire cuire un plat à feu doux. Au sens figuré, dorloter, prendre le plus grand soin de.
2. **Sur la moustache** : expression proverbiale à rapprocher de « au nez et à la barbe » (de quelqu'un).
3. **Me voici tout à point** : j'arrive à point nommé.
4. **Je ne passerai rien** : je ne dresserai aucun acte notarié.
5. **Quittancer** : fournir une quittance.
6. **Que vous n'ayez reçu** : avant que vous n'ayez reçu (la dot).

REPÈRES

• Que nous apprend le monologue sur ce qui s'est passé durant l'entracte ?

• Comment peut s'expliquer le choix du monologue d'Arnolphe pour commencer cet acte ?

OBSERVATION

• Montrez comment évolue le conflit intérieur d'Arnolphe. Quel est-il au début ? Que devient-il à la fin ?

• V. 1020-1023. Étudiez les figures de rhétorique qui renforcent le conflit intérieur d'Arnolphe.

• Relevez les termes dépréciatifs employés par Arnolphe pour évoquer Horace. Pourquoi ne nomme-t-il jamais le jeune homme par son nom ?

• Étudiez le contraste entre le registre de langue soutenu ou tragique et le registre comique et familier. Quels sentiments en gouvernent l'alternance ? Quel trait de la personnalité d'Arnolphe est ainsi mis en valeur ?

• Quelle conception de l'amour les images utilisées par Arnolphe pour décrire ses précautions trahissent-elles ?

• V. 1026-1038 : Étudiez l'utilisation du futur antérieur et du futur simple. Ces temps ont-ils la même valeur pour Arnolphe et pour le spectateur ?

INTERPRÉTATIONS

• Montrez que, même amoureux, Arnolphe reste fidèle à lui-même et à ses valeurs.

ARNOLPHE, *sans le voir.*
J'ai peur, si je vais faire éclater quelque chose,
Que de cet incident par la ville on ne cause

LE NOTAIRE
1050 Eh bien, il est aisé d'empêcher cet éclat,
Et l'on peut en secret faire votre contrat

ARNOLPHE, *sans le voir.*
Mais comment faudra-t-il qu'avec elle j'en sorte ?

LE NOTAIRE
Le douaire[1] se règle au bien qu'on vous apporte

ARNOLPHE, *sans le voir.*
Je l'aime, et cet amour est mon grand embarras.

LE NOTAIRE
1055 On peut avantager une femme, en ce cas

ARNOLPHE, *sans le voir.*
Quel traitement lui faire en pareille aventure ?

LE NOTAIRE
L'ordre est que le futur doit douer[2] la future
Du tiers du dot[3] qu'elle a ; mais cet ordre n'est rien,
Et l'on va plus avant lorsque l'on le veut bien

ARNOLPHE, *sans le voir.*
1060 Si...

LE NOTAIRE *(Arnolphe l'apercevant.)*
Pour le préciput[4], il les regarde ensemble
Je dis que le futur peut, comme bon lui semble,
Douer la future.

ARNOLPHE
Eh !

---

1. **Douaire :** somme dont le mari dote sa femme.
2. **Douer :** donner un douaire, doter.
3. **Dot :** emploi au masculin, à l'époque.
4. **Préciput :** avantage prélevé sur les biens communs qui bénéficiera à l'époux survivant.

LE NOTAIRE
Il peut l'avantager
Lorsqu'il l'aime beaucoup et qu'il veut l'obliger[1],
Et cela par douaire, ou préfix[2], qu'on appelle,
1065 Qui demeure perdu[3] par le trépas d'icelle[4] ;
Ou sans retour[5], qui va de ladite à ses hoirs ;
Ou coutumier[6], selon les différents vouloirs ;
Ou par donation dans le contrat formelle,
Qu'on fait ou pure et simple[7], ou qu'on fait mutuelle[8].
1070 Pourquoi hausser le dos ? Est-ce qu'on parle en fat,
Et que l'on ne sait pas les formes d'un contrat ?
Qui me les apprendra ? Personne, je présume.
Sais-je pas qu'étant joints[9] on est par la coutume,
Communs en meubles, biens, immeubles et conquets[10],
1075 À moins que par un acte on y renonce exprès[11] ?
Sais-je pas que le tiers du bien de la future
Entre en communauté, pour...

ARNOLPHE
Oui, c'est chose sûre,
Vous savez tout cela ; mais qui vous en dit mot ?

LE NOTAIRE
Vous, qui me prétendez faire passer pour sot,
1080 En me haussant l'épaule et faisant la grimace.

---

1. **L'obliger** : lui être agréable.
2. **Préfix** : douaire constitué par une somme fixée par le contrat de mariage.
3. **Perdu** : le préfix est dit « perdu » lorsqu'il revient au mari et non aux héritiers de la femme.
4. **D'icelle** : de celle-ci.
5. **Sans retour** : le préfix est dit « sans retour » lorsqu'« il va de ladite à ses hoirs », lorsqu'il est transmis aux héritiers de la femme.
6. **Coutumier** : contrairement au préfix, le douaire coutumier est fixé par la coutume à la moitié des biens du mari.
7. **Pure et simple** : en faveur d'un seul conjoint.
8. **Mutuelle** : au dernier vivant.
9. **Joints** : accord par syllepse (sur le sens) avec « on ».
10. **Conquets** : bien acquis par la communauté des époux.
11. **Exprès** : expressément.

ARNOLPHE
La peste soit fait l'homme[1], et sa chienne de face !
Adieu : c'est le moyen de vous faire finir.

LE NOTAIRE
Pour dresser un contrat m'a-t-on pas fait venir ?

ARNOLPHE
Oui, je vous ai mandé[2] ; mais la chose est remise,
1085 Et l'on vous mandera quand l'heure sera prise.
Voyez quel diable d'homme avec son entretien !

LE NOTAIRE
Je pense qu'il en tient[3], et je crois penser bien.

SCÈNE 3. LE NOTAIRE, ALAIN, GEORGETTE, ARNOLPHE.

LE NOTAIRE
M'êtes-vous pas venu quérir pour votre maître ?

ALAIN
Oui.

LE NOTAIRE
J'ignore pour qui vous le pouvez connaître,
1090 Mais allez de ma part lui dire de ce pas
Que c'est un fou fieffé[4].

GEORGETTE
Nous n'y manquerons pas.

---

1. **La peste soit fait l'homme :** la peste soit de l'homme.
2. **Mandé :** fait venir.
3. **Il en tient :** il a un grain, il est fou. Familier.
4. **Fou fieffé :** homme pourvu de folie comme d'un « fief », complètement fou.

REPÈRES

• Comment se fait la transition entre les scènes 1 et 2 ?
• Quel type de comique réapparaît dans la scène 2 ? Quel rôle joue-t-il dans la dynamique de l'acte ?
• Quel est l'intérêt de la scène 3 ?

OBSERVATION

• V. 1039- 1060. Qui entend qui ? Qu'est-ce qui fait la particularité de cette scène du point de vue de la communication ?
• V. 1039-1060. Relevez dans les répliques d'Arnolphe les termes à double entente et dites pour chacun d'eux ce que veut dire Arnolphe et ce que comprend le notaire.
• En quoi le fonctionnement de ce quiproquo se distingue-t-il de ceux de la scène 5, acte II ?
• V. 1062-1087 Comment sommes-nous renseignés sur les jeux de scène d'Arnolphe aux vers ?
• Peut-on savoir d'après cette scène pourquoi Arnolphe diffère la signature du contrat de mariage ?
• Qui, avant le notaire, a déjà traité Arnolphe de « *fou* » ?

INTERPRÉTATIONS

Voici comment, à travers le personnage de Lizidor, l'un des ennemis de Molière commente la scène du notaire :
« Le petit dialogue est d'une adresse extrême ;
Car ce que dit Arnolphe, il le dit en lui-même,
Et les moins délicats sont d'accord sur ce point
Qu'on ne peut pas répondre à ce qu'on n'entend point ;
Cependant, par un jeu dont l'éclat doit surprendre,
L'un ne veut pas répondre à ce qu'il doit entendre ; [...]
L'autre répond sans peine à ce qu'il n'entend pas. »
(Boursault, *Le Portrait du peintre ou La Contre-Critique de « L'École des femmes »*, 1663.)
• Comment comprenez-vous ces remarques ? Quels problèmes de technique théâtrale sont ici soulevés ? Comment peuvent-ils être résolus par la mise en scène ?

SCÈNE 4. ALAIN, GEORGETTE, ARNOLPHE.

ALAIN

Monsieur...

ARNOLPHE

 Approchez-vous ; vous êtes mes fidèles,
Mes bons, mes vrais amis, et j'en sais des nouvelles[1].

ALAIN

Le notaire...

ARNOLPHE

 Laissons, c'est pour quelqu'autre jour.
1095 On veut à mon honneur jouer d'un mauvais tour[2] ;
Et quel affront pour vous, mes enfants, pourrait-ce être,
Si l'on avait ôté l'honneur à votre maître !
Vous n'oseriez après paraître en nul endroit,
Et chacun, vous voyant, vous montrerait au doigt.
1100 Donc, puisqu'autant que moi l'affaire vous regarde,
Il faut de votre part faire une telle garde
Que ce galant ne puisse en aucune façon...

GEORGETTE

Vous nous avez tantôt montré notre leçon.

ARNOLPHE

Mais à ces beaux discours gardez bien de vous rendre.

ALAIN

1105 Oh ! vraiment...

GEORGETTE

 Nous savons comme il faut s'en défendre.

ARNOLPHE, *à Alain.*

S'il venait doucement : « Alain, mon pauvre cœur,
Par un peu de secours soulage ma langueur. »

ALAIN

« Vous êtes un sot. »

---

1. **J'en sais des nouvelles :** j'en sais quelque chose.
2. **Jouer d'un mauvais tour :** calqué sur « jouer de malchance », jouer un mauvais tour.

Guy Michel (Alain), Jean Le Poulain (Arnolphe)
et Georgette (Paule Noëlle).
Mise en scène de Jacques Rosner. Comédie-Française, 1983.

ARNOLPHE, *à Georgette.*
Bon ! « Georgette, ma mignonne,
Tu me parais si douce et si bonne personne. »

GEORGETTE
1110 « Vous êtes un nigaud. »

ARNOLPHE, *à Alain.*
Bon ! « Quel mal trouves-tu
Dans un dessein honnête et tout plein de vertu ? »

ALAIN
« Vous êtes un fripon. »

ARNOLPHE, *à Georgette.*
Fort bien. « Ma mort est sûre
Si tu ne prends pitié des peines que j'endure. »

GEORGETTE
« Vous êtes un benêt, un impudent. »

ARNOLPHE

Fort bien.

1115 « Je ne suis pas un homme à vouloir rien pour rien,
Je sais quand on me sert en garder la mémoire :
Cependant par avance, Alain, voilà pour boire,
Et voilà pour t'avoir, Georgette, un cotillon[1].
(Ils tendent tous deux la main, et prennent l'argent.)
Ce n'est de mes bienfaits qu'un simple échantillon.
1120 Toute la courtoisie, enfin, dont je vous presse[2],
C'est que je puisse voir votre belle maîtresse. »

GEORGETTE, *le poussant.*

« À d'autres ! »

ARNOLPHE

Bon, cela !

ALAIN, *le poussant.*

« Hors d'ici ! »

ARNOLPHE

Bon !

GEORGETTE, *le poussant.*

« Mais tôt[3] ! »

ARNOLPHE

Bon ! Holà ! c'est assez.

GEORGETTE

Fais-je pas comme il faut ?

ALAIN

Est-ce de la façon que vous voulez l'entendre ?

ARNOLPHE

1125 Oui, fort bien, hors l'argent, qu'il ne fallait pas prendre.

GEORGETTE

Nous ne nous sommes pas souvenus de ce point.

---

1. **Cotillon :** jupon de paysanne.
2. **La courtoisie ... dont je vous presse :** le service que je vous demande.
3. **Tôt :** vite.

ALAIN
Voulez-vous qu'à l'instant nous recommencions ?

ARNOLPHE
                                        Point.
Suffit, rentrez tous deux.

ALAIN
                Vous n'avez rien qu'à dire[1].

ARNOLPHE
Non, vous dis-je, rentrez, puisque je le désire.
1130 Je vous laisse l'argent ; allez, je vous rejoins.
Ayez bien l'œil à tout, et secondez mes soins.

Scène 5. ARNOLPHE.

Je veux pour espion qui soit d'exacte vue[2]
Prendre le savetier du coin de notre rue.
Dans la maison toujours je prétends la tenir,
1135 Y faire bonne garde, et surtout en bannir
Vendeuses de rubans, perruquières, coiffeuses,
Faiseuses de mouchoirs, gantières, revendeuses,
Tous ces gens qui sous main travaillent chaque jour
À faire réussir les mystères d'amour.
1140 Enfin j'ai vu le monde, et j'en sais les finesses.
Il faudra que mon homme ait de grandes adresses
Si message ou poulet[3] de sa part peut entrer.

---

1. **Vous n'avez rien qu'à dire** : vous n'avez qu'à parler.
2. **Qui soit d'exacte vue** : parfaitement vigilant.
3. **Poulet** : billet doux.

REPÈRES

• Que tente de dire Alain à Arnolphe au début de la scène ?
• Que sous-entend la réplique de Georgette au vers 1103 ? En quoi influence-t-elle notre perception de la scène 4 ?
• À quand Arnolphe reporte-t-il la signature du contrat de mariage ? Dans quelle mesure cette information confirme-t-elle que le dénouement sera ce que nous pressentons ?
• Quel lien, thématique et dramatique, s'établit entre les scènes 4 et 5 ?

OBSERVATION

• Scène 4. Par quels moyens Arnolphe cherche-t-il à s'assurer les bonnes grâces de ses valets ?
• Relevez les différentes injures adressées par les valets au pseudo-Horace et observez-en la progression. Comment expliquez-vous que Georgette et Alain ne tarissent pas d'inspiration dans leurs attaques verbales contre Horace ?
• Comment peut se comprendre la proposition de Georgette au vers 1127 ?
• Scène 5. En quoi l'humeur soupçonneuse d'Arnolphe prend-elle ici des proportions nouvelles ?
• Qu'est-ce qui rend les précautions d'Arnolphe dérisoires ?

INTERPRÉTATIONS

• Dans cette scène de « théâtre dans le théâtre » (scène 4) Arnolphe est auteur, acteur et metteur en scène. Comment estimez-vous ses talents dans ces trois fonctions ?
• Quelle relation s'établit entre Arnolphe et Molière à la faveur de cette scène ?

SCÈNE 6. HORACE, ARNOLPHE.

HORACE

La place m'est heureuse à vous y rencontrer[1].
Je viens de l'échapper bien belle, je vous jure.
1145 Au sortir d'avec vous, sans prévoir l'aventure,
Seule dans son balcon, j'ai vu paraître Agnès,
Qui des arbres prochains[2] prenait un peu le frais.
Après m'avoir fait signe, elle a su faire en sorte,
Descendant au jardin, de m'en ouvrir la porte ;
1150 Mais à peine tous deux dans sa chambre étions-nous
Qu'elle a sur les degrés[3] entendu son jaloux ;
Et tout ce qu'elle a pu, dans un tel accessoire[4],
C'est de me renfermer dans une grande armoire.
Il est entré : d'abord je ne le voyais pas,
1155 Mais je l'oyais[5] marcher, sans rien dire, à grands pas,
Poussant de temps en temps des soupirs pitoyables,
Et donnant quelquefois de grands coups sur les tables ;
Frappant un petit chien qui pour lui s'émouvait[6],
Et jetant brusquement les hardes[7] qu'il trouvait ;
1160 Il a même cassé, d'une main mutinée[8],
Des vases dont la belle ornait sa cheminée.
Et sans doute il faut bien qu'à ce becque cornu[9]
Du trait[10] qu'elle a joué quelque jour[11] soit venu.
Enfin, après cent tours, ayant de la manière

---

1. **La place ... rencontrer** : quelle chance de vous rencontrer ici.
2. **Prochains** : proches.
3. **Degrés** : marches.
4. **Accessoire** : circonstance fâcheuse. Vieilli dès cette époque.
5. **Oyais** : imparfait du verbe « ouïr », entendre.
6. **S'émouvait** : s'agitait.
7. **Hardes** : vêtements, parure. Sans nuance péjorative à l'époque.
8. **Mutinée** : irritée.
9. **Becque cornu** : de l'italien *becco cornuto*, bouc cornu. Imbécile, cocu.
10. **Trait** : tour.
11. **Quelque jour** : quelque éclaircissement.

1165 Sur ce qui n'en peut mais[1] déchargé sa colère,
Mon jaloux, inquiet[2], sans dire son ennui,
Est sorti de la chambre, et moi de mon étui[3] ;
Nous n'avons point voulu, de peur du personnage,
Risquer à nous tenir ensemble davantage :
1170 C'était trop hasarder ; mais je dois, cette nuit,
Dans sa chambre un peu tard m'introduire sans bruit :
En toussant par trois fois je me ferai connaître,
Et je dois au signal voir ouvrir la fenêtre,
Dont, avec une échelle, et secondé d'Agnès,
1175 Mon amour tâchera de me gagner l'accès.
Comme à mon seul ami je veux bien vous l'apprendre.
L'allégresse du cœur s'augmente à la répandre,
Et, goûtât-on cent fois un bonheur trop parfait,
On n'en est pas content si quelqu'un ne le sait.
1180 Vous prendrez part, je pense, à l'heur de mes affaires[4].
Adieu, je vais songer aux choses nécessaires.

Scène 7. Arnolphe.

Quoi ! l'astre qui s'obstine à me désespérer
Ne me donnera pas le temps de respirer !
Coup sur coup je verrai par leur intelligence
1185 De mes soins vigilants confondre la prudence !
Et je serai la dupe, en ma maturité,
D'une jeune innocente et d'un jeune éventé !
En sage philosophe on m'a vu vingt années
Contempler des maris les tristes destinées,
1190 Et m'instruire avec soin de tous les accidents

---

1. **Sur ce qui n'en peut mais** : sur ce qui n'en est pas cause.
2. **Inquiet** : agité.
3. **Étui** : cachette.
4. **L'heur de mes affaires** : le (bon) déroulement de mes affaires.

Qui font dans le malheur tomber les plus prudents ;
Des disgrâces[1] d'autrui profitant dans mon âme,
J'ai cherché les moyens, voulant prendre une femme,
De pouvoir garantir mon front de tous affronts,
1195 Et le tirer de pair d'avec[2] les autres fronts :
Pour ce noble dessein j'ai cru mettre en pratique
Tout ce que peut trouver l'humaine politique[3] ;
Et, comme si du sort il était arrêté
Que nul homme ici-bas n'en[4] serait exempt,
1200 Après l'expérience et toutes les lumières
Que j'ai pu m'acquérir sur de telles matières,
Après vingt ans et plus de méditation
Pour me conduire en tout avec précaution,
De tant d'autres maris j'aurais quitté la trace,
1205 Pour me trouver après dans la même disgrâce !
Ah ! bourreau de destin, vous en aurez menti !
De l'objet qu'on poursuit je suis encor nanti.
Si son cœur m'est volé par ce blondin funeste,
J'empêcherai du moins qu'on s'empare du reste,
1210 Et cette nuit qu'on prend pour ce galant exploit
Ne se passera pas si doucement qu'on croit.
Ce m'est quelque plaisir, parmi tant de tristesse,
Que l'on me donne avis du piège qu'on me dresse,
Et que cet étourdi, qui veut m'être fatal,
1215 Fasse son confident de son propre rival.

---

1. **Disgrâces :** infortunes conjugales.
2. **Tirer de pair d'avec :** se distinguer de, échapper au sort de.
3. **L'humaine politique :** la sagesse.
4. **En :** se rapporte à « affronts ».

REPÈRES

• Louis Jouvet décrit ainsi l'état d'esprit d'Horace au début de la scène 6 : « Il sort d'un placard ! Il s'ébroue comme quelqu'un qui vient de courir un danger. Il est sur la place, et il se dit : – Il s'agit de filer sans me faire voir. D'un pas assez allègre, d'un pas léger, il s'enfuit, et… il bute sur Arnolphe. » Comment, à partir de ces indications, imaginez-vous le sentiment d'Horace lorsqu'il prononce les vers 1143-1144 ?

• Comment s'enchaînent les scènes 6 et 7 ?

OBSERVATION

• Dans les précédentes scènes de confidence d'Horace à Arnolphe, les deux personnages dialoguaient. Comment comprenez-vous le choix de Molière de ne pas donner, cette fois, la parole à Arnolphe ?

• Comment se traduit, dans le récit d'Horace, l'importance à la fois dramatique et affective d'Agnès ?

• En vous appuyant sur le repérage et la valeur des principaux temps verbaux, vous dégagerez les différents mouvements de ce monologue.

• Relevez des exemples de décalage burlesque entre la noblesse de l'expression et la trivialité des pensées exprimées.

• V. 1207-1213. Relevez les différentes occurrences du pronom « on » : quelles en sont les valeurs grammaticales et stylistiques ?

• V. 1208-1209. Que pensez-vous du raisonnement d'Arnolphe ? Quelle conception de l'amour révèle-t-il ?

INTERPRÉTATIONS

Dans la mise en scène d'Antoine Vitez (1978), Horace manifeste sa joie avec exubérance : « Tantôt il danse, tantôt il tourne sur place de plaisir, tantôt il aboie » (Michel Corvin, *Molière et ses metteurs en scène d'aujourd'hui*, Presses universitaires de Lyon, 1985). Cette gestuelle vous paraît-elle s'accorder avec le texte ?

SCÈNE 8. CHRYSALDE, ARNOLPHE.

CHRYSALDE
Eh bien, souperons-nous avant la promenade ?

ARNOLPHE
Non, je jeûne ce soir.

CHRYSALDE
D'où vient cette boutade ?

ARNOLPHE
De grâce, excusez-moi, j'ai quelqu'autre embarras.

CHRYSALDE
Votre hymen résolu[1] ne se fera-t-il pas ?

ARNOLPHE
1220 C'est trop s'inquiéter des affaires des autres.

CHRYSALDE
Oh ! oh ! si brusquement ! Quels chagrins sont les vôtres ?
Serait-il point, compère, à votre passion
Arrivé quelque peu de tribulation[2] ?
Je le jurerais presque à voir votre visage.

ARNOLPHE
1225 Quoi qu'il m'arrive, au moins aurai-je l'avantage
De ne pas ressembler à de certaines gens
Qui souffrent doucement l'approche des galans[3].

CHRYSALDE
C'est un étrange fait qu'avec tant de lumières
Vous vous effarouchiez[4] toujours sur ces matières ;
1230 Qu'en cela vous mettiez le souverain bonheur,
Et ne conceviez point au monde d'autre honneur.
Être avare, brutal[5], fourbe, méchant et lâche
N'est rien, à votre avis, auprès de cette tache,

---

1. **Votre hymen résolu :** le mariage que vous avez décidé.
2. **Tribulation :** tourment.
3. **Galans :** orthographe commandée par la rime pour l'œil.
4. **Effarouchiez :** choquiez.
5. **Brutal :** bestial, grossier.

Et, de quelque façon qu'on puisse avoir vécu,
1235 On est homme d'honneur quand on n'est point cocu.
À le bien prendre, au fond, pourquoi voulez-vous croire
Que de ce cas fortuit dépende notre gloire,
Et qu'une âme bien née ait à se reprocher
L'injustice d'un mal qu'on ne peut empêcher ?
1240 Pourquoi voulez-vous, dis-je, en prenant une femme,
Qu'on soit digne, à son choix, de louange ou de blâme,
Et qu'on s'aille former un monstre plein d'effroi
De l'affront que nous fait son manquement de foi[1] ?
Mettez-vous dans l'esprit qu'on peut du cocuage
1245 Se faire en galant homme une plus douce image,
Que, des coups du hasard aucun n'étant garant,
Cet accident de soi doit être indifférent,
Et qu'enfin tout le mal, quoi que le monde glose[2],
N'est que dans la façon de recevoir la chose ;
1250 Car, pour se bien conduire en ces difficultés,
Il y faut comme en tout fuir les extrémités,
N'imiter pas ces gens un peu trop débonnaires
Qui tirent vanité de ces sortes d'affaires,
De leurs femmes toujours vont citant les galants,
1255 En font partout l'éloge et prônent leurs talents,
Témoignent avec eux d'étroites sympathies,
Sont de tous leurs cadeaux[3], de toutes leurs parties,
Et font qu'avec raison les gens sont étonnés
De voir leur hardiesse à montrer là leur nez.
1260 Ce procédé sans doute est tout à fait blâmable ;
Mais l'autre extrémité n'est pas moins condamnable.
Si je n'approuve pas ces amis des galants,
Je ne suis pas aussi pour ces gens turbulents
Dont l'imprudent chagrin, qui tempête et qui gronde,
1265 Attire au bruit qu'il fait les yeux de tout le monde,

---

1. **Foi** : parole.
2. **Quoi que le monde glose** : quoi que le monde en dise.
3. **Cadeaux** : voir note v. 800.

Et qui par cet éclat semblent ne pas vouloir
Qu'aucun puisse ignorer ce qu'ils peuvent avoir.
Entre ces deux partis il en est un honnête
Où, dans l'occasion[1], l'homme prudent s'arrête,
1270 Et, quand on le sait prendre, on n'a point à rougir
Du pis dont[2] une femme avec nous puisse agir.
Quoi qu'on en puisse dire, enfin, le cocuage
Sous des traits moins affreux aisément s'envisage ;
Et, comme je vous dis, toute l'habileté
1275 Ne va qu'à le savoir tourner du bon côté.

ARNOLPHE

Après ce beau discours, toute la confrérie[3]
Doit un remerciement à Votre Seigneurie ;
Et quiconque voudra vous entendre parler
Montrera de la joie à s'y voir enrôler.

CHRYSALDE

1280 Je ne dis pas cela, car c'est ce que je blâme ;
Mais, comme c'est le sort qui nous donne une femme,
Je dis que l'on doit faire ainsi qu'au jeu de dés,
Où, s'il ne vous vient pas ce que vous demandez,
Il faut jouer d'adresse, et, d'une âme réduite[4]
1285 Corriger le hasard par la bonne conduite.

ARNOLPHE

C'est-à-dire dormir et manger toujours bien,
Et se persuader que tout cela n'est rien.

CHRYSALDE

Vous pensez vous moquer ; mais, à ne vous rien feindre,
Dans le monde je vois cent choses plus à craindre,
1290 Et dont je me ferais un bien plus grand malheur
Que de cet accident qui vous fait tant de peur.
Pensez-vous qu'à choisir de deux choses prescrites,

---

1. **Dans l'occasion :** à l'occasion.
2. **Du pis dont :** de la pire manière dont.
3. **Confrérie :** celle des maris trompés (dans le contexte).
4. **Réduite :** résignée.

Je n'aimasse pas mieux être ce que vous dites
Que de me voir mari de ces femmes de bien
1295 Dont la mauvaise humeur fait un procès pour rien,
Ces dragons de vertu, ces honnêtes diablesses,
Se retranchant toujours sur leurs sages prouesses,
Qui, pour un petit tort qu'elles ne nous font pas,
Prennent droit de traiter les gens de haut en bas,
1300 Et veulent, sur le pied de nous être fidèles[1],
Que nous soyons tenus à tout endurer d'elles ?
Encore un coup, compère, apprenez qu'en effet
Le cocuage n'est que ce que l'on le fait,
Qu'on peut le souhaiter pour de certaines causes,
1305 Et qu'il a ses plaisirs comme les autres choses.

ARNOLPHE
Si vous êtes d'humeur à vous en contenter,
Quant à moi, ce n'est pas la mienne d'en tâter
Et, plutôt que subir une telle aventure...

CHRYSALDE
Mon Dieu ! ne jurez point, de peur d'être parjure.
1310 Si le sort l'a réglé, vos soins sont superflus,
Et l'on ne prendra pas votre avis là-dessus.

ARNOLPHE
Moi ! je serais cocu ?

CHRYSALDE
Vous voilà bien malade.
Mille gens le sont bien, sans vous faire bravade[2],
Qui de mine, de cœur, de biens et de maison,
1315 Ne feraient avec vous nulle comparaison[3].

ARNOLPHE
Et moi je n'en voudrais avec eux faire aucune.
Mais cette raillerie, en un mot, m'importune :

---

1. **Sur le pied de nous être fidèles :** sous prétexte de leur fidélité.
2. **Faire bravade :** défier, offenser.
3. **Ne feraient avec vous nulle comparaison :** avec qui vous ne pourriez soutenir la comparaison.

Brisons là, s'il vous plaît.

CHRYSALDE

                  Vous êtes en courroux :
Nous en saurons la cause. Adieu ; souvenez-vous,
1320 Quoi que sur ce sujet votre honneur vous inspire,
Que c'est être à demi ce que l'on vient de dire
Que de vouloir jurer qu'on ne le sera pas.

ARNOLPHE

Moi, je le jure encore, et je vais de ce pas
Contre cet accident trouver un bon remède.

SCÈNE 9. ALAIN, GEORGETTE, ARNOLPHE.

ARNOLPHE

1325 Mes amis, c'est ici que j'implore votre aide.
Je suis édifié de votre affection ;
Mais il faut qu'elle éclate en cette occasion ;
Et, si vous m'y servez selon ma confiance,
Vous êtes assurés de votre récompense.
1330 L'homme que vous savez, n'en faites point de bruit,
Veut, comme je l'ai su, m'attraper cette nuit,
Dans la chambre d'Agnès entrer par escalade ;
Mais il lui faut, nous trois, dresser une embuscade,
Je veux que vous preniez chacun un bon bâton,
1335 Et, quand il sera près du dernier échelon
(Car dans le temps qu'il faut j'ouvrirai la fenêtre),
Que tous deux à l'envi[1] vous me chargiez[2] ce traître,
Mais d'un air[3] dont son dos garde le souvenir,
Et qui lui puisse apprendre à n'y plus revenir,
1340 Sans me nommer pourtant en aucune manière,

---

1. **À l'envi** : à qui mieux mieux.
2. **Chargiez** : voir note v. 434.
3. **D'un air** : d'une façon.

Ni faire aucun semblant[1] que je serai derrière.
Aurez-vous bien l'esprit[2] de servir mon courroux ?

ALAIN

S'il ne tient qu'à frapper, Monsieur, tout est à nous.
Vous verrez, quand je bats, si j'y vais de main morte.

GEORGETTE

1345 La mienne, quoique[3] aux yeux elle n'est pas si forte,
N'en quitte pas sa part à le bien étriller[4].

ARNOLPHE

Rentrez donc, et surtout gardez de babiller.
Voilà pour le prochain une leçon utile,
Et, si tous les maris qui sont en cette ville
1350 De leurs femmes ainsi recevaient le galand[5],
Le nombre des cocus ne serait pas si grand.

---

1. **Faire aucun semblant :** ne rien laisser paraître.
2. **L'esprit :** le courage.
3. **Quoique :** en français moderne, « quoique » est suivi du subjonctif.
4. **Étriller :** au sens propre, signifie « frotter un cheval avec l'étrille » ; au sens figuré, battre, malmener.
5. **Galand :** orthographe recommandée par la rime pour l'œil.

Repères

• Qu'est-ce qui justifie le retour de Chrysalde ?
• De quelles scènes les scènes 8 et 9 sont-elles symétriques ? Qu'annonce cette symétrie ?
• Comparez les trois premiers et les trois derniers vers de l'acte : s'accordent-ils avec l'évolution de l'action ? Quel décalage soulignent-ils ?

Observation

• Scène 8 (v. 1216-1227). Étudiez l'implicite du discours dans les répliques d'Arnolphe. Comment celui-ci laisse-t-il entendre à Chrysalde, mais sans jamais le dire, que ses affaires ne sont pas en bonne voie ?
• Relevez dans les propos de Chrysalde ceux qu'Arnolphe aurait pu utiliser afin de retourner la situation à son avantage.
• Quelle issue à la situation Chrysalde suggère-t-il à Arnolphe ? Quelle solution Arnolphe choisit-il dans la scène 9 ? Quel trait de son caractère est ainsi souligné ?
• V. 1288-1305. Étudiez comment se construit l'éloge paradoxal du cocuage.
• Comparez la scène 4 avec la scène 9 : en quoi la stratégie d'Arnolphe a-t-elle évolué ?

Interprétations

• Tantôt Chrysalde se moque d'Arnolphe, tantôt il cherche à le raisonner. Ces deux personnages qui s'affrontent ont cependant des points communs. Quelles idées les rapprochent, quels points de vue les opposent ?

L'évolution d'Agnès

Après la découverte du sentiment à l'acte II, du langage à l'acte III, Agnès découvre la révolte et s'engage aux côtés d'Horace dans la lutte contre Arnolphe. Elle passe à l'action et la trahison tant redoutée est désormais effective. Elle, qui n'avait jamais été jusque-là que l'objet (consentant) du désir d'Horace et de la convoitise d'Arnolphe, s'approprie son désir et entend bien acquérir la maîtrise de son destin.

La progression de la situation

Le temps passe et le rythme s'accélère. Le dénouement s'annonce. La symétrie entre le début de l'acte I et la fin de l'acte IV, marquée par le retour de Chrysalde sur scène, permet de mesurer l'échec d'Arnolphe. Bon proverbe ne saurait mentir : il ne fallait jurer de rien. Le « revers de satire » semble désormais inéluctable. Plus l'échéance du mariage avec Arnolphe approche, plus Agnès devient active, plus Arnolphe prend du retard dans ses projets : par deux fois il repousse l'heure de l'union désirée. Les amours d'Agnès et d'Horace évoluent plus rapidement dans ce seul acte que dans les trois précédents.

Les métamorphoses de la parole

La comédie s'emballe à son tour. Récits, monologues héroï-comiques, scènes de raisonneurs, théâtre dans le théâtre, faux dialogues, intermèdes farcesques du notaire et des scènes de valets : le spectateur est pris dans le tourbillon des péripéties, tandis que la forme même se fait événement permanent et triomphe de la surprise.

La fixité d'Arnolphe

Seul contre tous, Arnolphe voit ses plans échouer et en perd la parole quand Agnès trouve la sienne. Il ne dit mot, cette fois, au récit d'Horace. Qui ne dit mot consent. Rien n'est moins certain, car Arnolphe n'est pas homme à se laisser fléchir par les événements. Toujours égal à lui-même, il redouble de précautions… inutiles.

Aquarelle de Christian Bérard (coll. Louise Weil)
pour le décor de L'École des Femmes,
mise en scène de Louis Jouvet.
Théâtre de l'Athénée, 1936.

ACTE V

SCÈNE PREMIÈRE. ALAIN, GEORGETTE, ARNOLPHE.

ARNOLPHE
Traîtres, qu'avez-vous fait par cette violence ?

ALAIN
Nous vous avons rendu, Monsieur, obéissance.

ARNOLPHE
De cette excuse en vain vous voulez vous armer.
1355 L'ordre était de le battre, et non de l'assommer,
Et c'était sur le dos, et non pas sur la tête,
Que j'avais commandé qu'on fît choir la tempête.
Ciel ! dans quel accident[1] me jette ici le sort !
Et que puis-je résoudre[2] à voir cet homme mort ?
1360 Rentrez dans la maison, et gardez de rien dire[3]
De cet ordre innocent que j'ai pu vous prescrire :
Le jour s'en va paraître, et je vais consulter[4]
Comment dans ce malheur je me dois comporter.
Hélas ! que deviendrai-je ? et que dira le père
1365 Lorsqu'inopinément il saura cette affaire ?

---

1. **Accident :** infortune.
2. **Résoudre :** décider.
3. **Gardez de rien dire :** gardez-vous de dire quoi que ce soit.
4. **Consulter :** réfléchir.

SCÈNE 2. HORACE, ARNOLPHE.

HORACE

Il faut que j'aille un peu reconnaître qui c'est.

ARNOLPHE

Eût-on jamais prévu... ? Qui va là, s'il vous plaît ?

HORACE

C'est vous, Seigneur Arnolphe ?

ARNOLPHE

Oui ; mais vous...

HORACE

C'est Horace.

Je m'en allais chez vous vous prier d'une grâce.

1370 Vous sortez bien matin ?

ARNOLPHE, *bas.*

Quelle confusion !

Est-ce un enchantement¹ ? est-ce une illusion ?

HORACE

J'étais, à dire vrai, dans une grande peine,
Et je bénis du Ciel la bonté souveraine
Qui fait qu'à point nommé je vous rencontre ainsi.

1375 Je viens vous avertir que tout a réussi,
Et même beaucoup plus que je n'eusse osé dire,
Et par un incident qui devait tout détruire.
Je ne sais point par où l'on a pu soupçonner
Cette assignation² qu'on m'avait su donner ;

1380 Mais, étant sur le point d'atteindre à la fenêtre,
J'ai, contre mon espoir, vu quelques gens paraître,
Qui, sur moi brusquement levant chacun le bras,
M'ont fait manquer le pied et tomber jusqu'en bas ;
Et ma chute, aux dépens de³ quelque meurtrissure,

---

1. **Enchantement :** tour de magie.
2. **Assignation :** rendez-vous.
3. **Aux dépens de :** au prix de.

1385 De vingt coups de bâton m'a sauvé l'aventure[1].
Ces gens-là, dont était, je pense, mon jaloux,
Ont imputé ma chute à l'effort de leurs coups ;
Et, comme la douleur un assez long espace[2]
M'a fait sans remuer demeurer sur la place,
1390 Ils ont cru tout de bon qu'ils m'avaient assommé,
Et chacun d'eux s'en est aussitôt alarmé.
J'entendais tout leur bruit dans le profond silence :
L'un l'autre ils s'accusaient de cette violence,
Et sans lumière aucune, en querellant le sort[3],
1395 Sont venus doucement tâter si j'étais mort.
Je vous laisse à penser si, dans la nuit obscure,
J'ai d'un vrai trépassé su tenir la figure.
Ils se sont retirés avec beaucoup d'effroi ;
Et, comme je songeais à me retirer, moi,
1400 De cette feinte mort la jeune Agnès émue
Avec empressement est devers[4] moi venue :
Car les discours qu'entre eux ces gens avaient tenus
Jusques à son oreille étaient d'abord venus,
Et, pendant tout ce trouble étant moins observée,
1405 Du logis aisément elle s'était sauvée.
Mais, me trouvant sans mal, elle a fait éclater
Un transport[5] difficile à bien représenter.
Que vous dirai-je ? enfin, cette aimable personne
A suivi les conseils que son amour lui donne,
1410 N'a plus voulu songer à retourner chez soi,
Et de tout son destin s'est commise à ma foi[6].
Considérez un peu, par ce trait d'innocence,
Où l'expose d'un fou la haute impertinence[7],

---

1. **M'a sauvé l'aventure** : m'a épargné la mésaventure (de subir des coups).
2. **Un assez long espace** : un assez long moment.
3. **En querellant le sort** : en s'en prenant au sort.
4. **Devers** : vers.
5. **Transport** : vive manifestation d'émotion.
6. **S'est commise à ma foi** : s'en est remise à ma parole.
7. **Impertinence** : attitude contraire au bon sens.

Et quels fâcheux périls elle pourrait courir
1415 Si j'étais maintenant homme à la moins chérir.
Mais d'un trop pur amour mon âme est embrasée ;
J'aimerais mieux mourir que l'avoir abusée ;
Je lui vois des appas dignes d'un autre sort,
Et rien ne m'en saurait séparer que la mort.
1420 Je prévois là-dessus l'emportement d'un père,
Mais nous prendrons le temps d'apaiser sa colère.
À des charmes si doux je me laisse emporter,
Et dans la vie, enfin, il se faut contenter.
Ce que je veux de vous, sous un secret fidèle,
1425 C'est que je puisse mettre en vos mains cette belle,
Que dans votre maison, en faveur de mes feux[1],
Vous lui donniez retraite au moins un jour ou deux.
Outre qu'aux yeux du monde il faut cacher sa fuite,
Et qu'on en pourra faire une exacte[2] poursuite,
1430 Vous savez qu'une fille aussi de sa façon
Donne avec un jeune homme un étrange soupçon ;
Et, comme c'est à vous, sûr de votre prudence,
Que j'ai fait de mes feux entière confidence,
C'est à vous seul aussi, comme ami généreux,
1435 Que je puis confier ce dépôt amoureux.

ARNOLPHE
Je suis, n'en doutez point, tout à votre service.

HORACE
Vous voulez bien me rendre un si charmant office[3] ?

ARNOLPHE
Très volontiers, vous dis-je, et je me sens ravir
De cette occasion que j'ai de vous servir ;
1440 Je rends grâces au Ciel de ce qu'il me l'envoie,
Et n'ai jamais rien fait avec si grande joie.

---

1. **En faveur de mes feux** : pour favoriser mes amours.
2. **Exacte** : menée avec rigueur.
3. **Un si charmant office** : un si plaisant service.

HORACE

Que je suis redevable à toutes vos bontés !
J'avais de votre part craint des difficultés ;
Mais vous êtes du monde[1] et, dans votre sagesse,
1445 Vous savez excuser le feu de la jeunesse.
Un de mes gens la garde au coin de ce détour[2].

ARNOLPHE

Mais comment ferons-nous ? car il fait un peu jour.
Si je la prends ici, l'on me verra peut-être,
Et, s'il faut que chez moi vous veniez à paraître,
1450 Des valets causeront. Pour jouer au plus sûr,
Il faut me l'amener dans un lieu plus obscur :
Mon allée est commode, et je l'y vais attendre.

HORACE

Ce sont précautions qu'il est fort bon de prendre.
Pour moi, je ne ferai que vous la mettre en main,
1455 Et chez moi sans éclat[3] je retourne soudain.

ARNOLPHE, *seul.*

Ah ! fortune ! ce trait d'aventure[4] propice
Répare tous les maux que m'a faits ton caprice.
(*Il s'enveloppe le nez de son manteau.*)

---

1. **Vous êtes du monde :** vous appartenez à la bonne société.
2. **Détour :** tournant.
3. **Sans éclat :** sans bruit.
4. **D'aventure :** de hasard.

REPÈRES

• Comment le spectateur est-il informé des événements qui se sont produits durant l'entracte ?
• Quelles peuvent être les raisons pour lesquelles Molière a choisi de ne pas montrer sur scène l'épisode de la bastonnade ?
• À quel moment de la journée sommes-nous parvenus ?

OBSERVATION

• Comment Molière s'y est-il pris pour abréger la scène 1 ? Quelles raisons voyez-vous à cette brièveté ?
• Identifiez les différents retournements de situation que comporte la scène 2. Quels sont ceux auxquels le spectateur pouvait s'attendre ? Quels sont ceux qui le surprennent ?
• V. 1372-1411. Dégagez les différents mouvements du récit d'Horace et imaginez pour chacun d'eux les sentiments éprouvés par Arnolphe silencieux.
• Comment se traduit l'évolution de l'amour d'Horace pour Agnès dans la scène 2 ?
• V. 1457. Quelle est la valeur du présent utilisé par Arnolphe ? En quoi exprime-t-il toute la fragilité de sa bonne fortune ?

INTERPRÉTATIONS

• Montrez comment Molière s'emploie à respecter les règles du théâtre classique en conciliant les exigences de bienséance et de vraisemblance avec le souci de l'unité de temps.
• Arnolphe se réjouit grandement du retour de fortune que lui vaut la précaution d'Horace. Quel profit espère-t-il en tirer ? Quels obstacles persistants minimise-t-il ?

SCÈNE 3. AGNÈS, HORACE, ARNOLPHE.

HORACE

Ne soyez point en peine où[1] je vais vous mener,
C'est un logement sûr que je vous fais donner ;
1460 Vous loger avec moi, ce serait tout détruire :
Entrez dans cette porte, et laissez-vous conduire.
(Arnolphe lui prend la main sans qu'elle le reconnaisse.)

AGNÈS

Pourquoi me quittez-vous ?

HORACE

Chère Agnès, il le faut.

AGNÈS

Songez donc, je vous prie, à revenir bientôt.

HORACE

J'en suis assez pressé par ma flamme amoureuse.

AGNÈS

1465 Quand je ne vous vois point, je ne suis point joyeuse.

HORACE

Hors de votre présence on me voit triste aussi.

AGNÈS

Hélas ! s'il était vrai, vous resteriez ici.

HORACE

Quoi ! vous pourriez douter de mon amour extrême ?

AGNÈS

Non, vous ne m'aimez pas autant que je vous aime.
(Arnolphe la tire.)
1470 Ah ! l'on me tire trop.

HORACE

C'est qu'il est dangereux,
Chère Agnès, qu'en ce lieu nous soyons vus tous deux,
Et le parfait ami de qui la main vous presse
Suit le zèle prudent qui pour nous l'intéresse[2].

---

1. **Ne soyez point en peine où** : ne vous inquiétez pas du lieu où.
2. **Qui pour nous l'intéresse** : qui le fait s'intéresser à nous.

AGNÈS

Mais suivre un inconnu que...

HORACE

N'appréhendez rien :

1475 Entre de telles mains vous ne serez que bien.

AGNÈS

Je me trouverais mieux entre celles d'Horace,
Et j'aurais...

    (À Arnolphe qui la tire encore.)

Attendez.

HORACE

Adieu, le jour me chasse.

AGNÈS

Quand vous verrai-je donc ?

HORACE

Bientôt assurément.

AGNÈS

Que je vais m'ennuyer[1] jusques à ce moment !

HORACE

1480 Grâce au Ciel, mon bonheur n'est plus en concurrence[2],
Et je puis maintenant dormir en assurance.

SCÈNE 4. ARNOLPHE, AGNÈS.

ARNOLPHE, *le nez dans son manteau.*

Venez, ce n'est pas là que je vous logerai,
Et votre gîte ailleurs est par moi préparé,
Je prétends en lieu sûr mettre votre personne.
1485 Me connaissez-vous ?

AGNÈS, *le reconnaissant.*

Hay !

---

1. **M'ennuyer :** me tourmenter.
2. **En concurrence :** incertain, en doute.

ARNOLPHE

            Mon visage, friponne,
Dans cette occasion rend vos sens effrayés,
Et c'est à contrecœur qu'ici vous me voyez :
Je trouble en ses projets l'amour qui vous possède.
    (Agnès regarde si elle ne verra point Horace.)
N'appelez point des yeux le galant à votre aide,
1490 Il est trop éloigné pour vous donner secours.
Ah ! ah ! si jeune encor, vous jouez de ces tours !
Votre simplicité, qui semble sans pareille,
Demande si l'on fait les enfants par l'oreille,
Et vous savez donner des rendez-vous la nuit,
1495 Et pour suivre un galant vous évader sans bruit.
Tudieu[1] comme avec lui votre langue cajole[2] !
Il faut qu'on vous ait mise à quelque bonne école.
Qui diantre tout d'un coup vous en a tant appris ?
Vous ne craignez donc plus de trouver des esprits[3] ?
1500 Et ce galant la nuit vous a donc enhardie ?
Ah ! coquine, en venir à cette perfidie !
Malgré tous mes bienfaits former un tel dessein !
Petit serpent que j'ai réchauffé dans mon sein,
Et qui, dès qu'il se sent[4], par une humeur ingrate,
1505 Cherche à faire du mal à celui qui le flatte !

AGNÈS

Pourquoi me criez[5]-vous ?

ARNOLPHE

            J'ai grand tort, en effet.

AGNÈS

Je n'entends point de mal dans tout ce que j'ai fait.

---

1. **Tudieu** : Juron. Forme abrégée de « vertudieu ».
2. **Cajole** : babille, flatte.
3. **Esprits** : revenants, fantômes.
4. **Dès qu'il se sent** : Dès qu'il retrouve force et vigueur.
5. **Criez** : grondez.

ARNOLPHE

Suivre un galant n'est pas une action infâme ?

AGNÈS

C'est un homme qui dit qu'il me veut pour sa femme :
1510 J'ai suivi vos leçons, et vous m'avez prêché
Qu'il se faut marier pour ôter le péché.

ARNOLPHE

Oui, mais, pour femme, moi, je prétendais vous prendre,
Et je vous l'avais fait, me semble[1], assez entendre.

AGNÈS

Oui, mais, à vous parler franchement entre nous,
1515 Il est plus pour cela selon mon goût que vous.
Chez vous le mariage est fâcheux et pénible,
Et vos discours en font une image terrible ;
Mais, las ![2] il le fait, lui, si rempli de plaisirs
Que de se marier il donne des désirs.

ARNOLPHE

1520 Ah ! c'est que vous l'aimez, traîtresse.

AGNÈS

Oui, je l'aime.

ARNOLPHE

Et vous avez le front de le dire à moi-même !

AGNÈS

Et pourquoi, s'il est vrai, ne le dirais-je pas ?

ARNOLPHE

Le deviez-vous aimer, impertinente ?

AGNÈS

Hélas !

Est-ce que j'en puis mais[3] ? Lui seul en est la cause,
1525 Et je n'y songeais pas lorsque se fit la chose.

ARNOLPHE

Mais il fallait chasser cet amoureux désir.

---

1. **Me semble** : il me semble.
2. **Las !** : hélas ! Forme déjà vieillie au XVIIᵉ siècle.
3. **Est-ce que j'en puis mais** : y puis-je quelque chose ?

AGNÈS

Le moyen de chasser ce qui fait du plaisir ?

ARNOLPHE

Et ne saviez-vous pas que c'était me déplaire ?

AGNÈS

Moi ? point du tout : quel mal cela vous peut-il faire ?

ARNOLPHE

1530 Il est vrai, j'ai sujet d'en être réjoui.
Vous ne m'aimez donc pas, à ce compte ?

AGNÈS

Vous ?

ARNOLPHE

Oui.

AGNÈS

Hélas ! non.

ARNOLPHE

Comment, non ?

AGNÈS

Voulez-vous que je mente ?

ARNOLPHE

Pourquoi ne m'aimer pas, Madame l'impudente ?

AGNÈS

Mon Dieu ! ce n'est pas moi que vous devez blâmer :
1535 Que ne vous êtes-vous comme lui fait aimer ?
Je ne vous en ai pas empêché, que je pense.

ARNOLPHE

Je m'y suis efforcé de toute ma puissance ;
Mais les soins que j'ai pris, je les ai perdus tous.

AGNÈS

Vraiment, il en sait donc là-dessus plus que vous,
1540 Car à se faire aimer il n'a point eu de peine.

ARNOLPHE

Voyez comme raisonne et répond la vilaine[1] !
Peste ! une précieuse en dirait-elle plus ?

---

1. **Vilaine** : paysanne.

Ah ! je l'ai mal connue, ou, ma foi, là-dessus
Une sotte en sait plus que le plus habile homme.
1545 Puisqu'en raisonnement votre esprit se consomme[1],
La belle raisonneuse, est-ce qu'un si long temps
Je vous aurai pour lui nourrie à mes dépens ?

ANGÈS
Non, il vous rendra tout jusques au dernier double[2].

ARNOLPHE
Elle a de certains mots où mon dépit redouble.
1550 Me rendra-t-il, coquine, avec tout son pouvoir,
Les obligations que vous pouvez m'avoir ?

ANGÈS
Je ne vous en ai pas de si grandes qu'on pense.

ARNOLPHE
N'est-ce rien que les soins d'élever votre enfance ?

ANGÈS
Vous avez là dedans[3] bien opéré vraiment,
1555 Et m'avez fait en tout instruire joliment !
Croit-on que je me flatte, et qu'enfin dans ma tête
Je ne juge pas bien que je suis une bête ?
Moi-même j'en ai honte, et, dans l'âge où je suis,
Je ne veux plus passer pour sotte, si je puis.

ARNOLPHE
1560 Vous fuyez l'ignorance, et voulez, quoi qu'il coûte,
Apprendre du blondin quelque chose.

ANGÈS
                                      Sans doute.
C'est de lui que je sais ce que je puis savoir,
Et beaucoup plus qu'à vous je pense lui devoir.

---

1. **Se consomme :** excelle.
2. **Double :** petite monnaie qui valait 2 deniers. À rapprocher de l'expression
« jusqu'au dernier sou ».
3. **Là dedans :** en la circonstance.

ARNOLPHE

Je ne sais qui me tient[1] qu'avec une gourmade[2]
1565 Ma main de ce discours ne venge la bravade.
J'enrage quand je vois sa piquante froideur,
Et quelques coups de poing satisferaient mon cœur.

AGNÈS

Hélas ! vous le pouvez, si cela peut vous plaire.

ARNOLPHE

Ce mot, et ce regard, désarme ma colère,
1570 Et produit un retour de tendresse de cœur
Qui de son action m'efface la noirceur.
Chose étrange d'aimer, et que pour ces traîtresses
Les hommes soient sujets à de telles faiblesses !
Tout le monde connaît leur imperfection :
1575 Ce n'est qu'extravagance et qu'indiscrétion[3].
Leur esprit est méchant, et leur âme fragile[4] ;
Il n'est rien de plus faible et de plus imbécile[5],
Rien de plus infidèle ; et, malgré tout cela,
Dans le monde on fait tout pour ces animaux-là.
1580 Hé bien ! faisons la paix ; va, petite traîtresse,
Je te pardonne tout, et te rends ma tendresse.
Considère par là l'amour que j'ai pour toi,
Et, me voyant si bon, en revanche aime-moi.

AGNÈS

Du meilleur de mon cœur je voudrais vous complaire.
1585 Que me coûterait-il, si je le pouvais faire ?

ARNOLPHE

Mon pauvre petit bec[6], tu le peux, si tu veux.
    (Il fait un soupir.)

---

1. **Qui me tient :** ce qui me retient.
2. **Gourmade :** coup de poing.
3. **Indiscrétion :** manque de discernement.
4. **Fragile :** encline au péché.
5. **Imbécile :** faible, au sens intellectuel et moral.
6. **Petit bec :** faire le petit bec signifie faire la petite bouche, l'aimable, la gentille.

Écoute seulement ce soupir amoureux ;
Vois ce regard mourant, contemple ma personne,
Et quitte ce morveux[1] et l'amour qu'il te donne.
1590 C'est quelque sort qu'il faut qu'il ait jeté sur toi,
Et tu seras cent fois plus heureuse avec moi.
Ta forte passion est d'être brave[2] et leste[3].
Tu le seras toujours, va, je te le proteste[4].
Sans cesse nuit et jour je te caresserai,
1595 Je te bouchonnerai[5], baiserai[6], mangerai.
Tout comme tu voudras tu pourras te conduire.
Je ne m'explique point, et cela c'est tout dire.
    (À part.)
Jusqu'où la passion peut-elle faire aller ?
    (Haut.)
Enfin, à mon amour rien ne peut s'égaler.
1600 Quelle preuve veux-tu que je t'en donne, ingrate ?
Me veux-tu voir pleurer ? veux-tu que je me batte ?
Veux-tu que je m'arrache un côté de cheveux ?
Veux-tu que je me tue ? Oui, dis si tu le veux.
Je suis tout prêt, cruelle, à te prouver ma flamme.

AGNÈS

1605 Tenez, tous vos discours ne me touchent point l'âme.
Horace avec deux mots en ferait plus que vous.

ARNOLPHE

Ah ! c'est trop me braver, trop pousser mon courroux.
Je suivrai mon dessein, bête trop indocile,
Et vous dénicherez[7] à l'instant de la ville.

---

1. **Morveux :** enfant encore en âge d'être mouché ; par extension personne trop jeune.
2. **Brave :** habillée avec magnificence.
3. **Leste :** agile, élégante, pimpante.
4. **Je te le proteste :** je te le promets.
5. **Bouchonner :** au sens propre, panser, frotter (un cheval) avec un bouchon de paille. Par extension : cajoler, faire des caresses. Style bas et comique.
6. **Baiser :** donner un baiser. Le sens vulgaire est toutefois attesté dès le XVIe siècle.
7. **Dénicher :** quitter le nid, décamper. Langage de la comédie.

1610 Vous rebutez[1] mes vœux[2], et me mettez à bout,
Mais un cul de couvent[3] me vengera de tout.

SCÈNE 5. ALAIN, ARNOLPHE.

ALAIN
Je ne sais ce que c'est, Monsieur, mais il me semble
Qu'Agnès et le corps mort s'en sont allés ensemble.

ARNOLPHE
La voici : dans ma chambre allez me la nicher.
1615 Ce ne sera pas là qu'il la viendra chercher ;
Et puis c'est seulement pour une demie-heure[4].
Je vais, pour lui donner une sûre demeure,
Trouver une voiture ; enfermez-vous des mieux[5],
Et surtout gardez-vous de la quitter des yeux.
1620 Peut-être que son âme, étant dépaysée,
Pourra de cet amour être désabusée.

SCÈNE 6. HORACE, ARNOLPHE.

HORACE
Ah ! je viens vous trouver accablé de douleur.
Le Ciel, Seigneur Arnolphe, a conclu[6] mon malheur,
Et, par un trait fatal d'une injustice extrême,
1625 On me veut arracher de la beauté que j'aime.

---

1. **Rebutez** : repoussez.
2. **Vœux** : langage de la dévotion galante. Désigne les prières que l'amant adresse à la dame dont il s'est fait le serviteur.
3. **Cul de couvent** : probablement forgé sur « cul-de-basse fosse ». Endroit le plus retiré, le plus bas d'un couvent.
4. **Demie-heure** : s'orthographie aujourd'hui « demi-heure ».
5. **Des mieux** : le mieux possible.
6. **A conclu** : a mis le comble à.

Repères

• Quelles difficultés de mise en scène particulières présente la situation de la scène 3 ?
• Les menaces d'Arnolphe à la fin de la scène 4 sont-elles crédibles ?

Observation

• V. 1463-1469. Étudiez les jeux de symétrie et de discordance dans la versification, le vocabulaire et l'enchaînement des répliques. Que traduisent-ils ?
• Relevez les différentes occurrences du mot « *main* ». Quels sont le rôle et la fonction de ce mot dans la scène 3 ?
• Relevez tous les termes par lesquels Arnolphe désigne Agnès au cours de la scène 4. En quoi sont-ils significatifs de l'évolution de ses sentiments ?
• V. 1535-1536. Que sous-entend la repartie d'Agnès ?
• V. 1569-1604. Étudiez le champ lexical de l'animalité. Quelle dimension d'Arnolphe révèle-t-il ?
• V. 1596-1597. Que signifient, en clair, ces propos d'Arnolphe ? En quoi sa « folie » a-t-elle évolué ?
• V. 1581. Analysez le passage du vouvoiement au tutoiement, du point du vue d'Arnolphe, d'Agnès, du spectateur ?
• V. 1605-1606. Comment cette réplique est-elle construite ? Dégagez-en la cruauté. Est-elle intentionnelle ?

Interprétations

• « Ce qui m'a particulièrement touché c'est qu'Arnolphe est véritablement amoureux, passionné, ce qui n'est guère commun à notre comédie », note Stendhal dans son *Journal* (30 janvier 1805). Que pensez-vous de ce jugement ?
• Agnès maîtrise désormais parfaitement le discours et l'art de la repartie. Étudiez les moyens rhétoriques par lesquels elle exerce désormais sa domination sur Arnolphe.

*Marcel Maréchal (Arnolphe) et Jean-Paul Bordes (Horace)
dans une mise en scène de Marcel Maréchal
au théâtre national de Marseille-La Criée, 1989.*

Pour arriver ici mon père a pris le frais[1] :
J'ai trouvé qu'il mettait pied à terre ici près,
Et la cause, en un mot, d'une telle venue,
Qui, comme je disais, ne m'était pas connue,
1630 C'est qu'il m'a marié sans m'en récrire[2] rien,
Et qu'il vient en ces lieux célébrer ce lien.
Jugez, en prenant part à mon inquiétude,
S'il pouvait m'arriver un contre-temps plus rude.
Cet Enrique, dont hier je m'informais à vous,
1635 Cause tout le malheur dont je ressens les coups :

---

1. **A pris le frais :** a voyagé à la fraîche.
2. **Récrire :** au lieu d'« écrire ». Coquille, probablement.

Il vient avec mon père achever ma ruine,
Et c'est sa fille unique à qui l'on me destine.
J'ai dès leurs premiers mots pensé m'évanouir ;
Et d'abord, sans vouloir plus longtemps les ouïr,
1640 Mon père ayant parlé de vous rendre visite,
L'esprit plein de frayeur, je l'ai devancé vite.
De grâce, gardez-vous de lui rien découvrir
De mon engagement, qui le pourrait aigrir,
Et tâchez, comme en vous il prend grande créance[1],
1645 De le dissuader de cette autre alliance.

ARNOLPHE

Oui-da[2].

HORACE

Conseillez-lui de différer un peu,
Et rendez en ami ce service à mon feu.

ARNOLPHE

Je n'y manquerai pas.

HORACE

C'est en vous que j'espère.

ARNOLPHE

Fort bien.

HORACE

Et je vous tiens mon véritable père.
1650 Dites-lui que mon âge... Ah ! je le vois venir.
Écoutez les raisons que je vous puis fournir.
(Ils demeurent en un coin du théâtre.)

---

1. **Créance :** confiance.
2. **Oui-da :** forme renforcée de « oui » : oui, volontiers.

REPÈRES

• Comment se fait la liaison entre les scènes 4 et 5 ?
• Quand et comment l'arrivée d'Enrique avait-elle été annoncée ?

OBSERVATION

• D'où provient le comique du vers 1613 ?
• Comment s'exprime le désarroi d'Horace ?
• Sur quel ton Arnolphe répond-t-il à Horace. Ses paroles sont-elles
en accord avec ses pensées ?

INTERPRÉTATIONS

• Quelle image des relations parents-enfants se dégage de ces
deux scènes ?

SCÈNE 7. ENRIQUE, ORONTE, CHRYSALDE, HORACE, ARNOLPHE.

ENRIQUE, *à Chrysalde.*
Aussitôt qu'à mes yeux je vous ai vu paraître,
Quand on ne m'eût rien dit, j'aurais su vous connaître.
Je vous vois tous les traits de cette aimable sœur
1655 Dont l'hymen autrefois m'avait fait possesseur ;
Et je serais heureux si la Parque cruelle
M'eût laissé ramener cette épouse fidèle,
Pour jouir avec moi des sensibles douceurs
De revoir tous les siens après nos longs malheurs.
1660 Mais, puisque du destin la fatale puissance
Nous prive pour jamais de sa chère présence,
Tâchons de nous résoudre, et de nous contenter
Du seul fruit amoureux qu'il m'en est pu rester[1] :
Il vous touche de près, et sans votre suffrage
1665 J'aurais tort de vouloir disposer de ce gage.
Le choix du fils d'Oronte est glorieux de soi.
Mais il faut que ce choix vous plaise comme à moi.

CHRYSALDE
C'est de mon jugement avoir mauvaise estime,
Que douter si j'approuve un choix si légitime.

ARNOLPHE, *à Horace.*
1670 Oui, je vais vous servir de la bonne façon.

HORACE
Gardez encore un coup...

ARNOLPHE
N'ayez aucun soupçon.

ORONTE, *à Arnolphe.*
Ah ! que cette embrassade est pleine de tendresse !

ARNOLPHE
Que je sens à vous voir une grande allégresse !

---

1. **Qu'il ... rester :** aujourd'hui, « qu'il m'en ait pu rester ».

ORONTE
Je suis ici venu...

ARNOLPHE
Sans m'en faire récit,
1675 Je sais ce qui vous mène.

ORONTE
On vous l'a déjà dit ?

ARNOLPHE
Oui.

ORONTE
Tant mieux.

ARNOLPHE
Votre fils à cet hymen résiste,
Et son cœur prévenu[1] n'y voit rien que de triste ;
Il m'a même prié de vous en détourner.
Et moi, tout le conseil que je vous puis donner,
1680 C'est de ne pas souffrir que ce nœud se diffère
Et de faire valoir l'autorité de père.
Il faut avec vigueur ranger[2] les jeunes gens,
Et nous faisons contre eux à leur être indulgens[3].

HORACE
Ah ! traître !

CHRYSALDE
Si son cœur a quelque répugnance,
1685 Je tiens qu'on ne doit pas lui faire violence.
Mon frère[4], que je crois[5], sera de mon avis.

ARNOLPHE
Quoi ! se laissera-t-il gouverner par son fils ?
Est-ce que vous voulez qu'un père ait la mollesse

---

1. **Prévenu :** plein de méfiance.
2. **Ranger :** faire obéir.
3. **Indulgens :** pour « indulgents », orthographe nécessitée par la rime pour l'œil.
4. **Frère :** beau-frère, ici.
5. **Que je crois :** à ce que je crois.

De ne savoir pas faire obéir la jeunesse ?
1690 Il serait beau, vraiment, qu'on le vît aujourd'hui
Prendre loi de qui doit la recevoir de lui.
Non, non, c'est mon intime, et sa gloire est la mienne ;
Sa parole est donnée, il faut qu'il la maintienne,
Qu'il fasse voir ici de fermes sentiments,
1695 Et force[1] de son fils tous les attachements.

ORONTE
C'est parler comme il faut, et, dans cette alliance,
C'est moi qui vous réponds de son obéissance.

CHRYSALDE, *à Arnolphe.*
Je suis surpris, pour moi, du grand empressement
Que vous me faites voir pour cet engagement,
1700 Et ne puis deviner quel motif vous inspire...

ARNOLPHE
Je sais ce que je fais, et dis ce qu'il faut dire.

ORONTE
Oui, oui, Seigneur Arnolphe, il est...

CHRYSALDE
                                 Ce nom l'aigrit ;
C'est Monsieur de la Souche, on vous l'a déjà dit.

ARNOLPHE
Il n'importe.

HORACE
              Qu'entends-je ?

ARNOLPHE, *se retournant vers Horace.*
                        Oui, c'est là le mystère.
1705 Et vous pouvez juger ce que je devais faire.

HORACE
En quel trouble...

---

1. **Force** : rompe.

SCÈNE 8. GEORGETTE, ENRIQUE, ORONTE, CHRYSALDE, HORACE, ARNOLPHE.

GEORGETTE
Monsieur, si vous n'êtes auprès,
Nous aurons de la peine à retenir Agnès :
Elle veut à tous coups s'échapper, et peut-être
Qu'elle se pourrait bien jeter par la fenêtre.

ARNOLPHE
1710 Faites-la-moi venir ; aussi bien de ce pas
Prétends-je l'emmener.
(À Horace.)
Ne vous en fâchez pas :
Un bonheur continu rendrait l'homme superbe[1],
Et chacun a son tour, comme dit le proverbe.

HORACE
Quels maux peuvent, ô Ciel, égaler mes ennuis ?
1715 Et s'est-on jamais vu dans l'abîme où je suis ?

ARNOLPHE, à Oronte.
Pressez vite le jour de la cérémonie ;
J'y prends part, et déjà moi-même je m'en prie[2].

ORONTE
C'est bien notre dessein.

---

1. **Superbe :** orgueilleux.
2. **Je m'en prie :** je m'y invite.

SCÈNE 9. AGNÈS, ALAIN, GEORGETTE, ORONTE, ENRIQUE, ARNOLPHE, HORACE, CHRYSALDE.

ARNOLPHE
Venez, belle, venez,
Qu'on ne saurait tenir, et qui vous mutinez.
1720 Voici votre galant, à qui pour récompense
Vous pouvez faire une humble et douce révérence.
Adieu, l'événement trompe un peu vos souhaits ;
Mais tous les amoureux ne sont pas satisfaits.

AGNÈS
Me laissez-vous, Horace, emmener de la sorte ?

HORACE
1725 Je ne sais où j'en suis, tant ma douleur est forte.

ARNOLPHE
Allons, causeuse, allons.

AGNÈS
Je veux rester ici.

ORONTE
Dites-nous ce que c'est que ce mystère-ci.
Nous nous regardons tous sans le pouvoir comprendre.

ARNOLPHE
Avec plus de loisir je pourrai vous l'apprendre.
1730 Jusqu'au revoir.

ORONTE
Où donc prétendez-vous aller ?
Vous ne nous parlez point comme il nous faut parler.

ARNOLPHE
Je vous ai conseillé, malgré tout son murmure,
D'achever l'hyménée.

ORONTE
Oui, mais pour le conclure,
Si l'on vous a dit tout, ne vous a-t-on pas dit

1735 Que vous avez chez vous celle dont il s'agit,
La fille qu'autrefois de l'aimable Angélique
Sous des liens secrets eut le Seigneur Enrique ?
Sur quoi votre discours était-il donc fondé ?

CHRYSALDE

Je m'étonnais aussi de voir son procédé.

ARNOLPHE

1740 Quoi !...

CHRYSALDE

D'un hymen secret ma sœur eut une fille
Dont on cacha le sort à toute la famille.

ORONTE

Et qui, sous de feints noms, pour ne rien découvrir,
Par son époux, aux champs, fut donnée à nourrir.

CHRYSALDE

Et dans ce temps le sort, lui déclarant la guerre,
1745 L'obligea de sortir de sa natale terre.

ORONTE

Et d'aller essuyer mille périls divers
Dans ces lieux séparés de nous par tant de mers.

CHRYSALDE

Où ses soins ont gagné ce que dans sa patrie
Avaient pu lui ravir l'imposture et l'envie.

ORONTE

1750 Et de retour en France, il a cherché d'abord
Celle à qui de sa fille il confia le sort.

CHRYSALDE

Et cette paysanne a dit avec franchise
Qu'en vos mains à quatre ans elle l'avait remise.

ORONTE

Et qu'elle l'avait fait, sur votre charité,
1755 Par un accablement d'extrême pauvreté.

CHRYSALDE

Et lui, plein de transport et l'allégresse en l'âme,
A fait jusqu'en ces lieux conduire cette femme.

ORONTE

Et vous allez enfin la voir venir ici
Pour rendre aux yeux de tous ce mystère éclairci.

CHRYSALDE

1760 Je devine à peu près quel est votre supplice ;
Mais le sort en cela ne vous est que propice.
Si n'être point cocu vous semble un si grand bien,
Ne vous point marier en est le vrai moyen.

ARNOLPHE, *s'en allant tout transporté*
et ne pouvant parler.

Oh !

ORONTE

D'où vient qu'il s'enfuit sans rien dire ?

HORACE

Ah ! mon père,
1765 Vous saurez pleinement ce surprenant mystère.
Le hasard en ces lieux avait exécuté
Ce que votre sagesse avait prémédité.
J'étais, par les doux nœuds d'une ardeur mutuelle,
Engagé de parole avecque cette belle ;
1770 Et c'est elle, en un mot, que vous venez chercher,
Et pour qui mon refus a pensé[1] vous fâcher.

ENRIQUE

Je n'en ai point douté d'abord que je l'ai vue,
Et mon âme depuis n'a cessé d'être émue.
Ah ! ma fille, je cède à des transports si doux.

CHRYSALDE

1775 J'en ferais de bon cœur, mon frère, autant que vous,
Mais ces lieux et cela ne s'accommodent guères.
Allons dans la maison débrouiller ces mystères,
Payer à notre ami ses soins officieux[2],
Et rendre grâce au Ciel, qui fait tout pour le mieux.

---

1. **A pensé :** a failli.
2. **Officieux :** obligeants. Ironique.

REPÈRES

• Quelles sont les différentes étapes du dénouement ?
• Quelle est la fonction dramatique de la scène 8 ?
• Quel lien de parenté se découvre entre Agnès et Chrysalde ?

OBSERVATION

• Quel style nouveau le discours d'Enrique introduit-il dans la comédie ?
• Comment le double jeu d'Arnolphe se révèle-t-il à Horace (scène 7) ?
• Observez la construction des vers 1741-1763. En quoi le récit dialogué de Chrysalde et d'Oronte remplace-t-il judicieusement une tirade ? Quels effets Molière en tire-t-il ?
• Comparez la scène de dénouement avec la scène d'exposition. Quel lien s'établit entre elles ? En quoi se distinguent-elles ?

INTERPRÉTATIONS

• Qui apprend quoi dans ces trois dernières scènes ? Montrez que le dénouement consiste en la reconstitution d'une vérité totale.
• Paul Claudel (1868-1955) entend le « *Oh !* » final d'Arnolphe comme « le gémissement qu'élève une voix humaine quand elle se tait ». Malgré la dernière réplique de Chrysalde, on ne peut qu'être frappé du contraste que fait l'isolement du héros malheureux au milieu de l'allégresse générale. Corneille proposait, pour s'assurer d'un dénouement entièrement heureux, de « rendre amis ceux qui étaient ennemis ». Pourquoi, selon vous, Molière n'a-t-il pas fait ce choix ?

Un dénouement romanesque

Le dénouement, jugé trop romanesque, a été critiqué au nom de la vraisemblance. Si le retour d'Oronte paraît opportun, comment admettre qu'on fasse revenir de si loin un personnage jusque-là inconnu, pour en faire le père d'Agnès ? De fait, Enrique, dont le nom rime plaisamment avec Amérique, est un *deus ex machina* venu tout exprès régler le sort des personnages et mettre fin à une série de péripéties qui auraient pu continuer, semble-t-il, encore longtemps sans sa miraculeuse intervention. Tirant parti du merveilleux spectaculaire de ce dénouement, Louis Jouvet faisait se terminer la pièce par un ballet accompagné d'un exotique défilé d'Indiens.

Le double bonheur d'Agnès

Enrique revient d'Amérique porteur d'un secret, qui lui aussi vient de loin, puisqu'il touche aux origines d'Agnès. La jeune fille retrouve non seulement son père mais découvre aussi l'identité de sa mère, Angélique, qui, comme elle, porte le nom de l'innocence. D'orpheline qu'elle était au début de la pièce la voici fille de ses vrais parents, nièce de Chrysalde et bientôt épouse d'Horace. Celle dont Arnolphe voulait qu'elle ne sût jamais rien des choses de l'amour apprend le secret de sa naissance au moment même où elle vient de conquérir son identité de femme. Elle ignorait tout du monde et d'elle-même, elle connaît à présent toute la vérité. Le personnage d'Enrique, si invraisemblable soit-il d'un point de vue dramatique, n'en apporte pas moins une profondeur psychologique à la pièce. Agnès y apparaît comme l'héroïne de la vérité, doublement comblée par un dénouement qui lui restitue un passé tout en lui ouvrant un avenir.

Le double malheur d'Arnolphe

La vérité est autrement cruelle pour Arnolphe qui, dans ce scénario familial n'a su prendre ni la place du mari ni celle du père, tant auprès d'Agnès que d'Horace pour qui il a représenté, jusqu'au retour d'Oronte, un père idéal (v. 1649).

Comment lire l'œuvre

L'action

La structure de *L'École des femmes*

Acte I : La précaution d'Arnolphe.
La rencontre d'Horace et d'Agnès.

Acte I	Personnages	Modalités du discours	Action
Scène 1	Arnolphe Chrysalde	Dialogue : – échange d'idées et d'informations	Arnolphe revient pour épouser Agnès et invite Chrysalde à souper pour lui présenter la jeune fille.
Scène 2	Arnolphe Alain Georgette	Dialogue de farce : – querelles	Les valets font attendre Arnolphe à la porte de chez lui.
Scène 3	Arnolphe, Agnès (Alain, Georgette)	Dialogue : – conversation banale	Arnolphe vient prendre des nouvelles d'Agnès.
Scène 4	Arnolphe Horace	Dialogue : – 1er récit d'Horace – quiproquo	Arnolphe rencontre Horace qui, sans le reconnaître, lui confie sa rencontre avec Agnès.

Acte II : Arnolphe enquête. Agnès raconte.

Acte II	Personnages	Modalités du discours	Action
Scène 1	Arnolphe	Monologue	Arnolphe décide d'en apprendre davantage.
Scène 2	Alain, Georgette, Arnolphe	Dialogue de farce : – tentative d'interrogatoire	Arnolphe n'obtient pas les informations escomptées.
Scène 3	Alain, Georgette	Dialogue : Commentaire burlesque	Alain disserte sur l'amour.
Scène 4	Anolphe (Agnès, Alain, Georgette)	Monologue	Arnolphe se prépare à interroger Agnès.
Scène 5	Arnolphe, Agnès	Dialogue : – interrogatoire – quiproquos	Arnolphe interroge Agnès, qui raconte sa rencontre avec Horace et se fait réprimander.

Acte III :
Arnolphe prépare Agnès au mariage. Agnès aime Horace.

Acte III	Personnages	Modalités du discours	Action
Scène 1	Arnolphe (Agnès), Alain, Georgette	Dialogue : – tirade	Agnès, obéissante, a lancé un grès contre Horace. Le mariage est imminent.
Scène 2	Arnolphe, Agnès	Tirade, lecture des Maximes	Arnolphe fait à Agnès, muette, un sermon sur le mariage et lui fait lire les Maximes.
Scène 3	Arnolphe	Monologue	Arnolphe, content, disserte sur les femmes.
Scène 4	Arnolphe, Horace	Dialogue : – 2ᵉ récit d'Horace – lettre d'Agnès – quiproquo	Horace raconte à Arnolphe comment Agnès a joint une lettre d'amour au grès.
Scène 5	Arnolphe	Monologue	Arnolphe est enragé et amoureux d'Agnès.

Acte IV :
Anolphe passe à l'attaque. Agnès et Horace ripostent.

Acte IV	Personnages	Modalités du discours	Action
Scène 1	Arnolphe	Monologue	Arnolphe est déterminé à lutter.
Scène 2	Arnolphe, le notaire	Scène de farce : – soliloques, – dialogue	Arnolphe chasse le notaire et reporte le contrat de mariage.
Scène 3	Le notaire, Georgette, Alain (Arnolphe).	Dialogue	Le notaire s'en va furieux.
Scène 4	Arnolphe, Alain, Georgette	Dialogue à deux niveaux : théâtre dans le théâtre.	Arnolphe prépare ses valets à repousser Horace lorsqu'il se représentera.
Scène 5	Arnolphe	Monologue	Arnolphe redouble de précautions.
Scène 6	Arnolphe, Horace	Tirade : – 3ᵉ récit d'Horace – quiproquo	Arnolphe apprend qu'Horace se trouvait dans la chambre d'Agnès, caché dans une armoire, lorsque lui-même y était et qu'il rejoindra Agnès cette nuit.
Scène 7	Arnolphe	Monologue	Arnolphe se désespère mais ne se résigne pas.
Scène 8	Arnolphe, Chrysalde	Dialogue : – débat d'idées	Arnolphe décommande le souper prévu et jure qu'il ne sera pas cocu.
Scène 9	Arnolphe, Alain, Georgette	Dialogue	Préparatifs pour l'embuscade de cette nuit.

Questions sur la structure

• L'unité d'action est-elle respectée ?
• Quelles sont les différentes péripéties, à quel rythme se succèdent-elles ?

Acte V :
Déroute d'Arnolphe. Triomphe de l'amour et de la jeunesse.

Acte V	Personnages	Modalités du discours	Action
Scène 1	Arnolphe, Alain, Georgette	Dialogue : – coup de théâtre	Arnolphe croit que ses valets ont tué Horace.
Scène 2	Arnolphe, Horace	Dialogue : – 4ᵉ récit d'Horace – quiproquo	Agnès s'est enfuie avec Horace qui cherche quelqu'un pour la cacher : Arnolphe s'empresse d'accepter.
Scène 3	Agnès, Horace (Arnolphe)	Dialogue : – Duo d'amour – quiproquo	Horace remet Agnès entre les mains d'Arnolphe.
Scène 4	Arnolphe, Agnès.	Dialogue	Arnolphe s'humilie devant Agnès indiffé-rente puis la menace du couvent.
Scène 5	Arnolphe, Alain.	Dialogue	Arnolphe fait enfermer Agnès dans sa chambre.
Scène 6	Arnolphe, Horace.	Dialogue : – récit – quiproquo	Horace demande du secours à Arnolphe : son père est de retour pour le marier contre son gré.
Scène 7	Arnolphe, Georgette, Horace, Chrysalde, Enrique, Oronte.	Dialogue : – récit	Horace découvre qu'Arnolphe et monsieur de La Souche ne font qu'un.
Scène 8	Arnolphe, Georgette, Horace, Chrysalde, Enrique, Oronte.	Dialogue	Agnès menace de se jeter par la fenêtre si on ne la laisse pas sortir.
Scène 9	Arnolphe, Agnès, Horace, Chrysalde, Enrique, Oronte, Alain, Georgette.	Dialogue : – récit	Agnès est la fille d'Enrique et la femme choisie par Oronte pour Horace. Triomphe de la jeunesse, déconfiture d'Arnolphe.

• Étudiez le rythme de l'action.
• Étudiez les jeux de symétrie entre les scènes.

Les personnages

Le système des personnages

Personnages / Fonctionnement	Arnolphe	Agnès
Fonctionnement actantiel (en tant que force agissante dans l'action)	Il désire épouser Agnès. Sujet de l'action au départ, il devient progressivement opposant aux amours d'Horace et d'Agnès.	Objet du désir d'Arnolphe au début, elle devient sujet de l'action et de son désir pour Horace.
Fonctionnement codé (par rapport à la tradition comique)	Le type du barbon amoureux.	Le type de l'ingénue.
Fonctionnement symbolique (par rapport aux valeurs sociales, esthétiques ou morales)	Saint Arnoul est devenu au Moyen Âge le patron des maris trompés. De La Souche connote l'inertie, l'inefficacité. Socialement : bourgeois aux prétentions nobiliaires. Symbolise aussi l'âge mûr, l'autorité, le manque de séduction.	Agnès signifie « pure ». Elle symbolise aussi la grâce, la jeunesse, la candeur. Figure du vide (pas de parents) qui devient figure de la plénitude. Incarnation morale du plaisir dégagé de tout péché.
Fonctionnement individualisé (traits qui le distinguent du type de départ)	Homme d'une idée fixe. Découvre l'amour mais ignore tout de la séduction. Désir de maîtrise et de toute-puissance qui trahit une peur de la femme. Personnage théâtral : spectateur (des autres), metteur en scène (acte IV, scène 4), acteur qui se prend au tragique. Ridicule ou pathétique ?	Authentique innocence. Grandes capacités d'évolution. Libération par la parole conquise. Reste jusqu'au bout un être d'avant le péché originel.
Sujet de discours (étendue de parole, modalités du discours, registre de langage)	Rôle le plus lourd du théâtre de Molière. 840 vers, soit près de la moitié de la comédie. Son efficacité est en proportion inverse de l'importance de son discours. Nombreux monologues et apartés. Double registre : héroïco-tragique, trivial et burlesque.	Présente dans le discours d'Horace et d'Arnolphe. Rar[e] présence directe (170 vers seulement). Son discours évolue : parole littérale au début, capacité de raisonner à la fin

Horace	Alain et Georgette
Adjuvant d'Arnolphe lorsqu'il se confie à lui, opposant quand il courtise Agnès. Il est aussi objet de l'amour d'Agnès.	Opposants d'Arnolphe quand il est sujet de l'action, adjuvants quand il cesse de l'être.
Le type du jeune premier amoureux et étourdi, du blondin trompant le barbon.	Le type des valets.
Horacio est le nom du premier amoureux de la *commedia dell'arte*. Symbole de séduction, de jeunesse, mais aussi d'imprudence.	La ruse, l'appât du gain, la trivialité. Symbolisent aussi les rapports de classe.
Assez proche du type de départ. Relations complexes avec la figure du père. Évolue vers un amour plus mûr et plus profond.	Dotés de capacités d'analyse et de bon sens, bons comédiens, instinctifs et roublards.
Nombreux récits. C'est l'homme de la confidence. Pas de monologue permettant de le connaître « de l'intérieur ».	Présents dans onze scènes. Êtres de gestes plus que de paroles. Pas de tirades. Parodie du langage des maîtres et registre familier.

Le triangle amoureux

Agnès vue par :

Horace :
Ce jeune astre d'amour de tant d'attraits pourvu (v. 326).
Arnolphe :
J'étais aigri, fâché, désespéré contre elle,
Et cependant jamais je ne la vis si belle (v. 1020-21).
Elle-même :
Je suis sans malice (lettre à Horace, acte III, scène 4).

Arnolphe vu par :

Chrysalde :
Ma foi, je le tiens fou de toutes les manières (v. 195).
Horace :
Ce traître, ce bourreau, ce faquin, ce brutal... (v. 999).
Mon véritable père (v. 1649).
Agnès :
Tenez, tous vos discours ne me touchent point l'âme (v. 1605).
Lui-même :
Enfin j'ai vu le monde, et j'en sais les finesses (v. 1140).

Horace vu par :

Arnolphe :
Cet étourdi qui veut m'être fatal (v. 1214).
Agnès :
Je l'aime (v. 1520).
Lui-même :
Je suis homme à saisir les gens par leurs paroles (v. 283).

Le double jeu des valets

Alain et Georgette sont fréquemment présents sur scène où ils donnent le signal du rire et de la farce. Ils participent aussi à l'action de façon décisive, tantôt favorisant les amours d'Agnès et d'Horace, tantôt s'y opposant, mais toujours maladroits et ne servant en dernier lieu que leurs propres intérêts. Ils incarnent l'action irrationnelle et l'insoumission désordonnée.

Les personnages épisodiques

Chrysalde

Il contribue à la dynamique de l'action qu'il fait progresser par ses discours, mais il n'y prend pas part en tant qu'acteur. Il appartient à la catégorie des raisonneurs, tout comme Arnolphe d'ailleurs dont il est l'*alter ego* social, bourgeois comme lui mais libre de toute idée fixe. Il incarne une sagesse moyenne qui fait valoir, par contraste, la « folie » d'Arnolphe et le rapproche du spectateur.

La vieille

Le personnage de la vieille (acte II, scène 5) que l'on imagine à travers le récit d'Agnès, incarne le type de l'entremetteuse tel qu'on le trouve dans la comédie latine de Plaute et de Térence, dans le *Roman de la Rose* au Moyen-Âge ou, plus proche de Molière, dans les *Satires* de Mathurin Régnier. Elle s'oppose traditionnellement, par ses disgrâces tant physiques que morales, à la beauté et à l'innocence de la jeune amoureuse.

Le notaire

Il incarne la loi dans un contexte burlesque. Ce personnage entièrement soumis à sa fonction, qui a la manie de la parole juridique, donne lieu à un comique de discours qui, de façon inattendue, le rapproche d'Arnolphe, lui aussi esclave d'un langage fixe, incapable de s'adapter à la réalité.

Enrique

Deus ex machina, qui n'intervient qu'au moment du dénouement. Ce personnage romanesque, qui résout le conflit sans avoir participé à l'action, s'exprime par récits.

Oronte

Père d'Horace, ressenti dès le début de la pièce comme un obstacle par son fils. Il incarne l'autorité paternelle sous son double visage, répressif et providentiel.

L'éducation des femmes

Rien n'est plus négligé que l'éducation des filles. La coutume et le caprice des mères y décident de tout : on suppose qu'on donne à ce sexe peu d'instruction.

Fénelon, *Traité de l'éducation des filles*, 1687.

Les personnages de *L'École des femmes* ont conservé une actualité et une fraîcheur qui ne doit pas faire oublier qu'ils appartiennent à leur époque et que la pièce est, pour une part, un reflet réaliste des mœurs du temps.

Un débat d'idées

Entre 1550 et 1560 se développe le mouvement de la préciosité en France. C'est l'époque où Mlle de Scudéry publie ses grands romans en dix volumes, *Le Grand Cyrus* (1649-1653) et *Clélie* (1654-1660) qui mettent en scène, transportée dans l'Antiquité, la vie des salons du XVIIᵉ siècle. Derrière les noms de la fiction se laisse aisément reconnaître la société choisie de l'Hôtel de Rambouillet : la marquise de Rambouillet et sa fille, Julie d'Angennes, le Grand Condé et le poète Voiture. La préciosité s'entend alors comme un raffinement de mœurs et d'esprit, une forme de civilité qui vise à régler les rapports entre hommes et femmes sur le pied de la délicatesse, de la distinction et de l'élégance des manières. Cette forme d'esprit va de pair avec une solide instruction et sur ce point la partie est loin d'être égale entre hommes et femmes.

La question de l'éducation des femmes a divisé les esprits entre un courant féministe et un courant antiféministe. Les femmes ont eu leurs défenseurs, comme François de Souci auteur du *Mérité des dames*, et leurs adversaires qui, dans la pure tradition de misogynie du Moyen-Âge, ne voient dans la femme qu'imperfection et malice. C'est ainsi que Boileau la représente dans ses *Satires* (1688). Qu'en est-il, dans la réalité, de l'éducation des femmes au XVIIᵉ siècle ?

Une réalité

Les petites filles entraient à la « petite école » vers l'âge de quatre ans. Tel est bien le cas d'Agnès lorsqu'elle est confiée par Arnolphe au couvent. Des institutions religieuses se chargent en effet de l'éducation féminine, comme la congrégation des ursulines ou des visitandines. Prières, offices et exercices de piété occupent une place importante à côté de la formation ménagère. Les lectures sont sélectionnées et surveillées. Au sortir du couvent, vers dix-sept ou dix-huit ans, la jeune fille sait lire, écrire et compter, connaît son catéchisme, sait chanter ou danser, faire la révérence et des travaux de couture. Capable d'écrire une lettre et de lire les Maximes du mariage, Agnès s'occupe à des travaux de couture et fait à Horace force révérences. Les idées les plus libérales de Fénelon, qui compose en 1683 un *Traité de l'éducation des filles*, trouveront leur application la plus hardie avec la création de la Maison royale de Saint-Cyr par Madame de Maintenon, en 1686. Mais Agnès n'est pas une jeune fille de cette génération, elle n'a pu bénéficier de l'évolution de certains couvents vers une éducation plus ouverte sur le monde.

Le parti de Molière

Que ce soit à travers le point de vue de Chrysalde ou le ridicule dont il accable les idées rétrogrades d'Arnolphe, Molière opte pour une position libérale, favorable à l'éducation des femmes. Le personnage d'Agnès, élève douée à l'école de l'amour, apporte sur cette question un éclairage original. Molière nous la montre désireuse de « *ne plus passer pour sotte* » (v. 1559), non d'acquérir des connaissances, une culture. Ce qu'elle a appris d'Horace (« *C'est de lui que je sais ce que je puis savoir* », v. 1562) n'est autre que la vie, et ce que semble, à travers elle, dénoncer Molière, c'est une éducation qui ôte à la femme sa liberté d'intelligence.

Correspondances

Voltaire et Stendhal dialoguent avec Molière sur l'éducation des femmes.

—1————————————————————————

• La maréchale de Grancey s'entretient avec l'abbé de Châteauneuf. Elle s'emporte contre saint Paul, qui dans ses Épîtres a écrit : « Femmes, soyez soumises à vos maris. »

« Certainement la nature ne l'a pas dit ; elle nous a fait des organes différents de ceux des hommes ; mais en nous rendant nécessaires les uns aux autres, elle n'a pas prétendu que l'union formât un esclavage. Je me souviens bien que Molière a dit :

> *Du côté de la barbe est la toute-puissance.*

Mais voilà une plaisante raison pour que j'aie un maître ! Quoi ! parce qu'un homme a le menton couvert d'un vilain poil rude, qu'il est obligé de tondre de fort près, et que son menton est né rasé, il faudra que je lui obéisse très humblement ? Je sais bien qu'en général les hommes ont les muscles plus forts que les nôtres, et qu'ils peuvent donner un coup de poing mieux appliqué : j'ai peur que ce ne soit là l'origine de leur supériorité.

Il prétendent avoir aussi la tête mieux organisée, et, en conséquence, ils se vantent d'être plus capables de gouverner ; mais je leur montrerai des reines qui valent bien des rois. On me parlait ces jours passés d'une princesse allemande qui se lève à cinq heures du matin pour travailler à rendre ses sujets heureux, qui dirige toutes les affaires, répond à toutes les lettres, encourage tous les arts, et qui répand autant de bienfaits qu'elle a de lumières. Son courage égale ses connaissances ; aussi n'a-t-elle pas été élevée dans un couvent par des imbéciles qui nous apprennent ce qu'il faut ignorer, et qui nous laissent ignorer ce qu'il faut apprendre. Pour moi, si j'avais un État à gouverner, je me sens capable d'oser suivre ce modèle. »

Voltaire, *Femmes, soyez soumises à vos maris*, 1765.

—2———————————————————

« Par l'actuelle éducation des jeunes filles, qui est le fruit du hasard et du plus sot orgueil, nous laissons oisives chez elles les facultés les plus brillantes et les plus riches en bonheur pour elles-mêmes et pour nous. Mais quel est l'homme prudent qui ne se soit écrié au moins une fois en sa vie :

> *Une femme en sait toujours assez,*
> *Quand la capacité de son esprit se hausse*
> *À connaître un pourpoint d'avec un haut-de-chausse.*

> *Les Femmes savantes*, acte II, scène 7.

À Paris, la première louange pour une jeune fille à marier est cette phrase : " Elle a beaucoup de douceur dans le caractère ", et, par habitude moutonne, rien ne fait plus d'effet sur les sots épouseurs. Voyez-les deux ans après, déjeunant tête à tête avec leur femme par un temps sombre, la casquette sur la tête et entourés de trois grands laquais. »

Stendhal, « De l'éducation des femmes », *De l'amour*, 1822.

Les femmes, le mariage et l'amour au XVIIᵉ siècle

> *Il y a de bons mariages, mais il n'y en a point de délicieux.*

> La Rochefoucauld, Maxime 113.

Le mariage forcé

Au sortir du couvent, deux solutions se présentaient pour la jeune fille : entrer en religion ou se marier. Le XVIIᵉ siècle prolonge la conception romaine du mariage qui place la femme sous l'autorité absolue du *pater familias*, qui règne en maître sur femme, enfants et domestiques. En tant que tuteur et futur mari d'Agnès, Arnolphe a toute autorité sur la jeune fille et peut user de son pouvoir paternel pour la forcer à l'épouser.

Conçu pour maintenir le nom de la lignée et transmettre le patrimoine, du moins dans la noblesse et la bourgeoisie, le mariage place le sentiment amoureux au second rang.

Le père a le droit de diposer absolument de ses enfants et les craintes d'Horace apprenant que son père vient de le « *marier sans* [lui] *en écrire rien* » (v. 1630) sont fondées. Si le dénouement de *L'École des femmes* fait se rencontrer l'amour et le mariage, il faut y voir le fruit d'un heureux hasard à une époque où les personnes comptent moins que les traditions et les cadres qui les régissent. Enrique et Angélique, les parents d'Agnès, se sont cependant mariés secrètement.

L'adultère féminin, tant redouté par Arnolphe, peut alors se comprendre comme l'une des conséquences possibles du mariage forcé. Dans ses *Historiettes*, Tallemant des Réaux rapporte que Madame de la Suze se justifiait ainsi de ses écarts de conduite : « Si on m'avait mariée comme je l'eusse voulu, je ne ferais pas ce que je fais. »

L'amour précieux

Sans aller nécessairement jusqu'à l'adultère, la femme mal mariée pouvait trouver consolation dans la lecture des romans précieux où des héroïnes à son image se voient contrariées dans leur amour par un père, qui veut leur imposer le mari de son choix. « Que les baisers d'un mari touchent peu ! Que les baisers d'un mari sont fades ! » peut-on lire à l'article « Toucher » du *Dictionnaire des précieuses* de Somaize. Dans la tradition de l'amour courtois, la précieuse impose à l'amant toutes sortes d'épreuves destinées à valoriser l'amour et à créer une attente. Conçu comme une amitié amoureuse, tendre et délicate, l'amour précieux a pu conduire à des excès de pudeur ou au contraire à des audaces de séduction.

À côté des précieuses prudes, les précieuses galantes ont cherché à promouvoir l'émancipation féminine. Elles ont imaginé diverses solutions destinées à alléger les servitudes du mariage, comme le mariage à l'essai, sorte d'union libre avant la lettre, ou le divorce. Les théories féministes des « cercles » et des « ruelles », honnis d'Arnolphe, n'ont pas exercé d'influence vraiment décisive tant en raison de la force des institutions qu'à cause des excès qui ont pu les rendre ridicules aux yeux même d'un Molière ou d'un Boileau. L'opinion n'était pas prête, loin s'en faut, pour l'égalité des sexes. Au XVIIIe siècle, l'éducation de Sophie, dans l'*Émile* de Rousseau, n'aurait pas paru trop audacieuse à Arnolphe, et au XIXe siècle, Stendhal imagine « pour dans cent ans » une société des femmes : « L'admission des femmes à l'égalité parfaite serait la marque la plus sûre de la civilisation ; elle doublerait les forces intellectuelles du genre humain et ses probabilités de bonheur. » (*Rome, Naples et Florence*, 1817).

Molière féministe ?

René Jasinski estime que « *L'École des femmes* réagit contre les sévérités de l'organisation familiale traditionnelle et le prosaïsme bourgeois, en un sens qui favorisait quelques-unes des revendications du féminisme précieux. » (*Histoire de la littérature française*, 1947). Sans doute Molière dénonce-t-il les abus du pouvoir masculin par l'entremise d'Arnolphe mais il ridiculise aussi, à travers le discours du même personnage, la précieuse, simple double féminin du marquis turlupin ou du pédant. À travers le personnage d'Agnès s'exprime, plutôt qu'un féminisme combatif, une apologie de la féminité au naturel. Ce qu'à travers elle Molière dénonce, c'est une représentation de l'amour liée au péché. Agnès n'est pas une descendante d'Ève mais un être d'avant le péché originel, qui incarne une morale du plaisir : elle ne connaît pas le « *moyen de chasser ce qui fait du plaisir* » (v. 1527) et reste jusqu'au bout un être d'avant la faute. Son émancipation n'est pas celle d'une « *sotte* » devenue « *bel esprit* », mais celle d'une « *innocente* » demeurée attachée à la transparence du langage, qui parle sans détour de ce qu'elle aime. La franchise d'Agnès, en fait, au sens étymologique du terme, un être de liberté.

Correspondances

Le mariage vu par le XVIᵉ siècle.

—1

« Un bon mariage, s'il en est, refuse la compagnie et condition de l'amour. Il tâche à représenter celles de l'amitié. C'est une douce société de vie, pleine de constance, de fiance et d'un nombre infini d'utiles et solides offices et obligations mutuelles. Aucune femme qui en savoure le goût ne voudrait tenir lieu de maîtresse à son mari. Si elle est logée en son affection, comme femme, elle y est bien plus honorablement et sûrement logée. Quand il fera l'ému ailleurs et l'empressé, qu'on lui demande pourtant lors à qui il aimerait arriver une honte, ou à sa femme ou à sa maîtresse ; de qui la défortune l'affligerait le plus ; à qui il désire plus de grandeur ; ces demandes n'ont aucun doute en un mariage sain. Ce qu'il s'en voit si peu de bons, est signe de son prix et de sa valeur. À le bien façonner et à le bien prendre, il n'est point de plus belle pièce en notre société. »

Montaigne, *Essais* (III, 5), 1558.

—2

« " Mais, dit Panurge, si vous connaissiez que mon meilleur fût tel que je suis demeurer, sans entreprendre cas de nouvelleté, j'aimerais mieux ne me marier point.

– Point donc ne vous mariez, répondit Pantagruel.

– Voir mais, dit Panurge, voudriez-vous qu'ainsi seulet je demeurasse toute ma vie sans compagnie conjugale ?... L'homme seul n'a jamais tel soulas qu'on voit entre gens mariés.

– Mariez-vous donc, de par Dieu, répondit Pantagruel.

– Mais si, dit Panurge, ma femme me faisait cocu, comme vous savez qu'il en est grande année, ce serait assez pour me faire passer hors les gonds de patience. J'aime bien les cocus, et ils me semblent gens de bien, et je les hante volontier, mais pour mourir je ne le voudrais être. C'est un point qui trop me point.

– Point donc ne vous mariez, répondit Pantagruel, car la sentence de Sénèque est véritable hors toute exception : ce qu'à autrui tu auras fait, sois certain qu'autrui te fera. »

François Rabelais, Tiers Livre, 1546.

3

« En languissant et en griève tristesse
Vit mon las cœur, jadis plein de liesse,
Puisque l'on m'a donné mari vieillard.
Hélas, pourquoi ? Rien ne sait du vieil art
Qu'apprend Vénus, l'amoureuse déesse.

Par un désir de montrer ma prouesse
Souvent l'assaus : mais il demande : " Où est-ce ? ",
Ou dort (peut-être), et mon cœur veille à part
           En languissant.

Puis quand je veux lui jouer de finesse,
Honte me dit : " Cesse, ma fille, cesse,
Garde-t'en bien, à honneur prends égard. "
Lors je réponds : " Honte, allez à l'écart :
Je ne veux pas perdre ainsi ma jeunesse
           En languissant. " »

Clément Marot, « La jeune dame qui a vieil mari », rondeau 30,
Oeuvres poétiques, 1532.

Le style de *L'École des femmes*

Il eût écrit moins bien s'il avait mieux écrit.

F. Brunetière, Le Style de Molière, 1903.

À la différence de la tragédie, la comédie met en scène des personnages de basse condition dans des actions de la vie quotidienne. À une époque où prévaut la distinction entre les genres, la langue et le style des personnages doivent s'accorder avec l'univers dans lequel ils évoluent. S'il arrive à Arnolphe de parler comme un noble héros, ce ne peut être que par un effet de parodie ou de pastiche burlesque. De plus, dans la comédie de caractère l'auteur dote ses personnages d'un discours propre à les caractériser.

La langue de la comédie
• *Un compromis entre l'écrit et l'oral*
Aussi naturels que puissent paraître certains dialogues, qui semblent directement issus de la conversation courante, ils n'en sont pas moins le résultat d'un artifice. La fameuse scène de l'interrogatoire d'Agnès commence ainsi sur le ton de la conversation familière :

Arnolphe : La promenade est belle.
Agnès :   Fort belle.
Arnolphe : Le beau jour !
Agnès :   Fort beau !
Arnolphe : Quelle nouvelle ?

Quoi de plus insignifiant que cet échange de banalités ? Nous sourions pourtant à la mécanique redondance des répliques d'Agnès, à la monotonie de son invariable propos, souligné par des reprises lexicales, le tout drapé dans l'alexandrin que se partagent les deux protagonistes. Le langage théâtral est le fruit d'un compromis entre le langage oral et le langage écrit, et ce que l'on nomme le « style » dépend en fait de « la nature du compromis entre [ces] deux langages » (Pierre Larthomas, *Le Langage dramatique*, PUF, 1980.)
L'usage du vers ajoute ainsi aux exigences du mime oral des contraintes liées à la versification. La phrase qui doit se couler dans l'alexandrin entraîne souvent chez Molière des procédés d'inversion bien connus des burlesques, qui satisfont le vers mais malmènent la syntaxe :

Je sais les tours rusés et les subtiles trames
Dont pour nous en planter savent user les femmes (v. 75-76)

L'inversion dans la relative permet de mettre en relief le mot « *femme* » à la rime où il prend tout son sens en relation avec « *trames* » : la femme est pour Arnolphe synonyme d'intrigante. Le style est ici l'art de choisir entre un ordre syntaxique usuel et donc plus naturel et un ordre commandé par l'expressivité mais soumis à l'artifice du vers.

• *Un univers de référence commun*

Toujours dans le registre de la vie quotidienne, les personnages émaillent leurs propos de termes familiers comme « *benêt* » (v. 41-114), « *babiller* » (v. 1347), « *caquet* » (v. 365-384), « *sornettes* » (v. 596) ou d'expressions proverbiales comme « *être homme à gober le morceau* » (v. 144), « *ne pas y aller de main morte* » (v. 1497) qui forment le langage commun des personnages de la comédie. Le verbe est haut, coloré, la violence et les besoins du corps font partie intégrante de cet univers où l'on échange des jurons, où l'on s'invite à « *souper* » et où la femme se « *mitonne* » et se « *mange* » (v. 1595) dans la droite ligne des conceptions d'Alain qui la considère comme « *le potage de l'homme* » (v. 436). À cette langue, qui prend souvent une coloration animale (« *dévorer* », « *gober* », « *bouchonner* », « *crever* »), correspond un monde concret, outrancier et violent qui se traduit également dans les procédés rhétoriques.

• *La rhétorique du comique*

Le grossissement est l'un des plus sûrs procédés du comique : l'énumération et l'accumulation emplissent les répliques des personnages. Ce sont des termes concrets, les « *canons, les rubans, les plumes* » (v. 246), ou abstraits, « *imperfection, extravagance, indiscrétion* » (v. 1574-1575) ; des substantifs ou des adjectifs : « *méchant, fragile, faible, imbécile, infidèle* » (v. 1576-1578). Le comique ne craint, pas plus que la redondance, la récurrence, si charmante quand elle donne à voir le manège des amoureux à travers la répétition, par Agnès, à quatre reprises du mot *révérence* » (v. 488-498).

À l'opposé de cette rhétorique de l'outrance, la comédie sait aussi jouer de la surprise lorsqu'elle associe, de façon incongrue, « *cul* » à « *couvent* » ou « *petit bec* » à « *regard mourant* » (v. 1586-1588). À ce fond commun du style comique s'ajoutent des ressources expressives plus spécifiques.

Le langage des personnages

• *Un vocabulaire composite*

Le vocabulaire de *L'École des femmes* dépend aussi du sujet de conversation des personnages, de leur fonction ou de leur classe sociale. Le thème de la galanterie appelle naturellement tout un vocabulaire d'époque : « *cercles et ruelles, billets doux, poulets, cadeaux, coquettes et galants…* » qui contraste avec le langage de la piété si abondant dans la bouche d'Arnolphe : « *péché, crime, diable, enfer, perdition…* » Lorsqu'il fait parler le notaire, Molière cite en abondance des termes de la langue juridique, jusqu'à former un jargon comique (acte IV, scène 2).

• *Le style reflet du caractère*

« Le style c'est l'homme » affirmait Buffon au XVIIIᵉ siècle. À la comédie les personnages parlent comme ils sont. Arnolphe réunit les traits du personnage traditionnel du pédant ou du docteur, plein d'assurance dogmatique. Aussi est-il sentencieux :

Et femme qui compose en sait plus qu'il ne faut (v. 94).
Votre sexe n'est là que pour la dépendance :
Du côté de la barbe est la toute-puissance (v. 699-700).

Arnolphe ne dément pas non plus la tradition du pédant discoureur verbeux et diffus, qui abuse de la tirade.
Agnès, face à lui, paraît d'autant plus laconique. Lorsqu'elle parle pour la première fois, c'est pour raconter, tout comme Horace : le récit est le mode d'expression privilégié de la jeunesse qui agit plus qu'elle ne raisonne. Agnès narratrice se révèle d'une prolixité insoupçonnée, ne parlant longuement que de ce qu'elle aime.

Alain et Georgette partagent avec Agnès le langage littéral de ceux qui manquent d'instruction et ne connaissent pas l'art de l'abstraction. D'où la comparaison de la femme à un potage ; d'où la réponse littérale d'Agnès, qui ignore jusqu'à l'existence du double sens, à la question d'Arnolphe : « *Quelles nouvelles ? – Le petit chat est mort.* »

• *Le langage manipulé*

Il est au contraire des personnages qui maîtrisent suffisamment le discours pour en jouer et adopter des styles différents, selon la personne à laquelle ils s'adressent ou en fonction de leur intention de communication. Arnolphe, qui brutalise ses domestiques au début de la pièce, opte pour un ton patelin lorsqu'il cherche à les amadouer. Quand il se prend au tragique il est « à deux doigt du trépas », mais il « crève » quand il redevient lui-même.

Un personnage peut aussi reproduire le style d'un autre. Soit littéralement lorsque Agnès cite les paroles de la « *vieille* » ou qu'Arnolphe fait jouer la comédie à ses valets en leur soufflant les répliques ; soit par mimétisme lorsque les valets imitent la langue des maîtres : « *Le cœur me faut* » s'écrie Georgette, « *Je meurs* » (v. 403) réplique Alain dans le plus pur style de la terreur tragique.

Un langage peut enfin en cacher un autre et un personnage de Molière citer sans le savoir un personnage de Corneille. C'est le cas d'Arnolphe parlant comme Pompée dans *Sertorius* :

Je suis maître, je parle : allez, obéissez (v. 643).

On peut alors aisément percevoir la part du style du personnage qui revient à l'auteur.

• *Le style de Molière*, nécessairement indirect puisqu'il ne s'exprime pas personnellement, nous l'entendons à travers la façon dont il fait parler ses personnages. Il apparaît ainsi comme un art de composer avec la diversité des techniques du comique et des voix qui le font entendre, qu'il joue du choc ou de l'accord entre ces éléments, sans jamais perdre de son unité.

Correspondances

Variation sur le thème de la précaution inutile.

SCÈNE 3

« *(La jalousie du premier étage s'ouvre, et Bartholo et Rosine se mettent à la fenêtre.)*

Rosine. Comme le grand air fait plaisir à respirer !... Cette jalousie s'ouvre si rarement...
Bartholo. Quel papier tenez-vous là ?
Rosine. Ce sont des couplets de *La Précaution inutile*, que mon maître à chanter m'a donnés hier.
Bartholo. Qu'est-ce que *La Précaution inutile* ?
Rosine. C'est une comédie nouvelle.
Bartholo. Quelque drame encore ! Quelque sottise d'un nouveau genre !
Rosine. Je n'en sais rien.
Bartholo. Euh, euh, les journaux et l'autorité nous en feront raison. Siècle barbare !...
Rosine. Vous injuriez toujours notre pauvre siècle.
Bartholo. Pardon de la liberté ! Qu'a-t-il produit pour qu'on le loue ? Sottises de toute espèce : la liberté de penser, l'attraction, l'électricité, le tolérantisme, l'inoculation, le quinquina, *l'Encyclopédie*, et les drames...
Rosine *(le papier lui échappe et tombe dans la rue.)* Ah ! ma chanson ! ma chanson est tombée en vous écoutant ; courez, courez donc, monsieur ! ma chanson, elle sera perdue !
Bartholo. Que diable aussi, l'on tient ce qu'on tient.
(Il quitte le balcon.)
Rosine *regarde en dedans et fait signe dans la rue.*

St, st, *(Le comte paraît)* Ramassez vite et sauvez-vous. *(Le comte ne fait qu'un saut, ramasse le papier et rentre.)*

Bartholo *sort de la maison et cherche.* Où donc est-il ? Je ne vois rien.

Rosine. Sous le balcon, au pied du mur.

Bartholo. Vous me donnez là une jolie commission ! Il est donc passé quelqu'un ?

Rosine. Je n'ai vu personne.

Bartholo, *à lui-même.* Et moi qui ai la bonté de chercher !... Bartholo, vous n'êtes qu'un sot, mon ami : ceci doit vous apprendre à ne jamais ouvrir de jalousies sur la rue. *(Il rentre.)*

Rosine *toujours au balcon.* Mon excuse est dans mon malheur : seule, enfermée, en butte à la persécution d'un homme odieux, est-ce un crime de tenter à sortir d'esclavage ?

Bartholo *paraissant au balcon.* Rentrez, signora ; c'est ma faute si vous avez perdu votre chanson ; mais ce malheur ne vous arrivera plus, je vous jure. *(Il ferme la jalousie à clef.)*

SCÈNE 4

LE COMTE, FIGARO *(Ils entrent avec précaution.)*

Le Comte. À présent qu'ils sont retirés, examinons cette chanson dans laquelle un mystère est sûrement renfermé. C'est un billet !

Figaro. Il demandait ce que c'est que *La Précaution inutile* !

Le Comte *lit vivement.* " Votre empressement excite ma curiosité ; sitôt que mon tuteur sera sorti, chantez indifféremment, sur l'air connu de ces couplets, quelque chose qui m'apprenne enfin le nom, l'état et les intentions de celui qui paraît s'attacher si obstinément à l'infortunée Rosine. " »

Beaumarchais,
Le Barbier de Séville, 1775, acte I.

Le comique de Molière

> *Ne songeons qu'à nous réjouir,*
> *La grande affaire est le plaisir*
>
> Molière,
> *Monsieur de Pourceaugnac.*

L'École des femmes a connu un grand succès de rire. « Bien des gens ont frondé cette comédie ; mais les rieurs ont été pour elle » rappelle Molière dans sa préface.

Formes du comique

Dans *L'École des femmes*, Molière fait feu de tout comique, ne fixant aucune limite aux effets que lui suggère tel ou tel procédé.

• *Comique de situation et comique de caractère*

Quoi de plus drôle, en effet, que cette précaution inutile qui transforme inexorablement le barbon pédant et sûr de lui en dindon de la farce. Le comique de situation tient aussi au quiproquo qui veut qu'Horace ignore jusqu'à la fin l'identité de celui auquel il se confie si librement. Les scènes les plus cocasses se multiplient, qui toutes exploitent un comique de situation à double entente : Horace, caché dans l'armoire, pendant que le rival tempête, Arnolphe prêtant généreusement l'argent qui servira à soudoyer ses domestiques, étourdi qui confie la jeune fille qu'il vient d'enlever à celui-là même d'où lui vient tout le mal.

Le personnage d'Arnolphe est en lui-même comique : par sa manie de voir partout des cocus, lui seul excepté, par la peur des femmes que trahit cette obsession, par sa puissance d'illusion et d'acharnement dans l'erreur. Ce misogyne touché par l'amour pourrait nous émouvoir lorsqu'il trouve le mot juste pour exprimer sa souffrance :

J'étais aigri, fâché, désespéré contre elle
Et cependant jamais je ne la vis si belle (v. 1021-1022).

Mais les ruptures de ton sont là pour réveiller le rire qui s'endormait : « *crève* », « *mitonner* », « *sur la moustache* »... font insensiblement glisser le comique de caractère vers le comique de mots.

• *Comique de mots et de gestes*

Molière exploite toutes les ressources de la veine burlesque : les jurons, en particulier dans les apartés, le galimatias des domestiques ou le jargon du notaire, les brocards d'Arnolphe sur les cocus et les femmes infidèles et les niaiseries réelles ou imaginaires d'Agnès comme « *la tarte à la crème* » dans le corbillon. Quant au « *grès* » tellement décrié en raison de son invraisemblance – trop lourd à porter pour une jeune fille –, les critiques ne se sont pas avisés du jeu de mots qui semble justifier l'emploi de ce terme peu courant mais si bien choisi pour désigner une action qu'Agnès doit faire contre son gré et qu'elle agrémente d'ailleurs d'une lettre.

Joignant la parole au geste, Agnès contribue dans la scène du grès à l'alliance de deux comiques. Les valets qui, tombant sept fois de suite aux côtés de leur maître, n'ignorent rien de la gestuelle comique, non plus que dans un autre registre Arnolphe dont nous imaginons les « *soupirs amoureux* », les « *regards mourants* » ou le « *ris forcé* ».

Formes du rire

• *Le rire de connivence*

Le rire de connivence est un rire d'adhésion joyeuse à l'univers de la comédie. Il établit une complicité avec l'auteur qui nous fait partager son inventivité et nous procure les plaisirs de l'intelligence d'un bon mot ou d'une situation qui échappe partiellement aux personnages. Ce rire est rendu possible par la position du spectateur omniscient qui en sait plus que les personnages et sourit de les voir ne pas voir ce qu'il voit si bien. Il connaît les lois du genre comique et se réjouit à l'avance des effets qu'on lui promet comme des surprises qu'on ne lui ménage pas.

Cette adhésion sans arrière-pensée au bonheur du spectacle s'étend naturellement à ceux dont la comédie prépare le triomphe et qui nous sont rendus sympathiques par leur jeunesse, leur poétique naïveté ou leur franche balourdise. Le récit d'Agnès nous fait rire, mais nous ne rions pas contre elle, ni non plus contre Arnolphe, même si c'est sa déconfiture qui déclenche le comique. Le rire de connivence est un rire de sympathie qui bénéficie à celui qui fait rire autant qu'à celui qui rit. Le moqueur et le moqué participent également à la comédie.

• *Le rire satirique*

Pour autant le rire de connivence n'exclut pas la distance intellectuelle et avec elle l'intervention de l'esprit critique et du jugement. Le moqué devient alors une cible, nous rions de son ridicule : ce qui présuppose le sentiment de notre supériorité. Conscient des insuffisances de son caractère comme de sa méthode, nous nous réjouissons de voir Arnolphe pris au piège. Ce rire n'est pas nécessairement cruel, il est indifférent à l'être. Lorsque Arnolphe quitte la scène sur un « *Oh !* » d'accablement, nous épousons la morale heureuse de la comédie, sans grande compassion pour une douleur à laquelle nous ne croyons pas. « *Tenez, tous vos discours ne me touchent point l'âme* » (v. 1605) dit Agnès à Arnolphe, traduisant ainsi la position du spectateur.

• *Le rire ambigu*

On s'est beaucoup interrogé sur Arnolphe, comique ou tragique. Il est avant tout un personnage de comédie, voué à être berné, et le spectateur le sait. Mais pour échapper à son destin de personnage de comédie il se tourne parfois vers la tragédie, où il n'y a pas de cocus, mais des passions contrariées, pas d'infortunes ridicules, mais seulement de mortelles destinées. Toute tentative du héros pour accéder au tragique se solde par un redoublement du comique. Là où Arnolphe devient pathétique, c'est lorsqu'il laisse glisser le masque et se découvre fragile : « *chose étrange d'aimer* ».

Le rire ambigu est alors celui qui révèle la profondeur du comique, l'éclat de rire traversé d'un éclair de conscience qui, l'espace d'un instant, fait apparaître l'homme dans le personnage et la réalité dans la fiction.

Correspondances

Scènes de comédie dans la comédie.

—1

Marivaux, *Le Jeu de l'amour et du hasard*, 1730.

Acte II, scène 3. Arlequin et Lisette ont changé de costume et de rôle avec leurs maîtres, Silvia et Dorante. Ils se rencontrent et se plaisent : chacun joue la comédie du maître sans savoir que l'autre fait de même.

—2

Edmond Rostand, *Cyrano de Bergerac*, 1897.
Comédie héroïque.

Acte III, scène 7. Cyrano est amoureux de Roxane, une précieuse qui, elle, est amoureuse de Christian. Mais Christian ne sait pas parler aux femmes et Cyrano n'est pas beau. L'un parlera, pour l'autre qui plaira. À la faveur de la nuit, Cyrano enflamme Roxane de son discours amoureux et Christian monte cueillir le baiser de la belle à son balcon.

Interprétations de *L'École des femmes*

Il n'est guère possible de séparer les jugements et les critiques sur *L'École des femmes* de l'histoire des mises en scène, les interprétations théâtrales et les interprétations littéraires ayant été liées.

Au temps de Molière toutefois, la critique de l'acteur ne fut pas aussi virulente que celle de l'auteur. Si certains lui ont reproché de jouer le rôle d'Arnolphe trop « en farceur » le talent du metteur en scène fut asssez unanimement reconnu. Après une longue éclipse, durant tout le XVIIIᵉ siècle, qui jugeait *L'École des femmes* « nettement inférieure en tout à *L'École des maris* » (Voltaire), la pièce suscite, au début du XIXᵉ siècle, un regain d'intérêt.

Revu et corrigé à l'aune du héros romantique, Arnolphe regagne la faveur du public. Le premier XIXᵉ siècle voit Molière avec les yeux de Hugo, de Chateaubriand ou de Musset : Arnolphe devient pathétique et tragique.

La critique, plus constructive, de la seconde moitié du XIXᵉ siècle approfondit la connaissance historique de l'œuvre. Les lectures s'enrichissent et relancent le débat sur la signification de la pièce et les interprétations des principaux personnages. Le XXᵉ siècle, sensible à la « modernité » de la pièce, constitue certainement l'âge d'or de *L'École des femmes*. Les mises en scène se multiplient, et, depuis près d'un siècle, la pièce connaît une fortune continue.

Si diverses qu'aient pu être les mises en scène au cours de l'histoire, elles ont toutes été confrontées à un ensemble de problèmes diversement résolus : Arnolphe est-il comique ou tragique ? Agnès est-elle une vraie ou une fausse ingénue ? Comment animer une pièce toute en monologues et en récits ? Comment résoudre les invraisemblances liées au lieu public sur lequel se déroule une intrigue où les personnages ont intérêt à se cacher les uns des autres ?

Splendeur et incompréhension de *L'École des femmes* au XVIIᵉ siècle

Un succès de scène

• La distribution

Arnolphe : Molière

Agnès : Mlle de Brie. De physique agréable, elle jouait les rôles de jeune première avec éclat et douceur. Elle obtint un vif succès dans le rôle d'Agnès qu'elle réussit à jouer jusqu'à un âge avancé sans lui faire prendre une ride.

Horace : Lagrange. Arrivé dans la troupe de Molière en 1659, il excella d'emblée dans les rôles de jeune premier étourdi mais heureux en amour.

Alain : Brécourt. Ancien acteur du Marais et jeune auteur de vingt-cinq ans.

Georgette : Mlle Lagrange

• Le jeu de Molière

« Il était tout comédien depuis les pieds jusqu'à la tête, il semblait qu'il eût plusieurs voix, tout parlait en lui, et d'un pas, d'un sourire, d'un clin d'œil et d'un remuement de tête, il faisait plus concevoir de choses que le plus grand parleur n'aurait pu dire en une heure. »

Donneau de Visé, *Les Nouvelles Nouvelles*, 1663.

Formé à l'école des farceurs, Molière donne au rôle une grande ampleur physique, joignant les gestes à la parole, jouant du hoquet et de la toux dont il était affligé de la manière la plus appropriée au rôle. Doué d'un sens aigu du burlesque, il excelle dans le comique dont il sait varier les effets.

• La mise en scène

Molière était aussi un metteur en scène d'une grande précision, qui ne laissait rien au hasard, ainsi qu'en ont témoigné ses contemporains, par ailleurs les plus critiques :

« Jamais comédie ne fut si bien représentée ni avec tant d'art : chaque acteur sait combien il doit faire de pas, et toutes ses œillades sont comptées [...] Il a pris soin de faire si bien jouer ses compagnons que l'on peut dire que tous les acteurs qui jouent dans la pièce sont des originaux que les plus habiles maîtres de ce bel art pourront difficilement imiter. »

Donneau de Visé (op. cit.).

• Le décor

On ne sait pas grand-chose du décor de l'Hôtel de Bourgogne, où fut montée la pièce pour la première fois, si ce n'est que la « place de ville » était encadrée par les deux maisons, mais on ne peut dire si toutes les scènes se déroulaient sur la place ou si certaines avaient lieu à l'intérieur des maisons.

Louanges et critiques de l'auteur

• Chacun profite à ton École

« En vain mille jaloux esprits,
Molière, osent avec mépris,
Censurer ton plus bel ouvrage ;
Sa charmante naïveté
S'en va pour jamais d'âge en âge
Divertir la postérité.
[...]
Ta muse avec utilité,
Dit plaisamment la vérité ;
Chacun profite à ton École ;
Tout en est beau, tout en est bon ;
Et ta plus burlesque parole
Est souvent un docte sermon.

Laisse gronder tes envieux ;
Ils ont beau crier en tous lieux
Qu'en vain tu charmes le vulgaire
Que tes vers n'ont rien de plaisant :

Si tu savais un peu moins plaire,
Tu ne leur déplairais pas tant. »

Boileau, *Stances à Molière sur la comédie de
« L'École des femmes » que plusieurs gens frondaient*, 1663.

• **La beauté du sujet de *L'École des femmes*.**

« **Uranie.** Pour moi, je trouve que la beauté du sujet de *L'École des femmes* consiste dans cette confidence perpétuelle ; et ce qui me paraît assez plaisant, c'est qu'un homme qui a de l'esprit, et qui est averti de tout par une innocente qui est sa maîtresse et par un étourdi qui est son rival, ne puisse avec cela éviter ce qui lui arrive. »

Molière, *La critique de « L'École des femmes »*, 1663.

• **La grande règle de toutes les règles est de plaire**

« **Dorante.** [...] Si les pièces qui sont selon les règles ne plaisent pas et que celles qui plaisent ne soient pas selon les règles il faudrait de nécessité que les règles eussent été mal faites. Moquons-nous donc de cette chicane où ils veulent assujettir le goût du public, et ne consultons dans une comédie que l'effet qu'elle fait sur nous. Laissons-nous aller de bonne foi aux choses qui nous prennent pas les entrailles, et ne cherchons point de raisonnements pour nous empêcher d'avoir du plaisir. »

Molière (op. cit.),

• **La peste était peut-être dans la ville...**
« **Argimont.**
[...] Dès l'ouverture de cette pièce, Chrysalde dit à Arnolphe qu'ils sont seuls, et qu'ils peuvent discourir ensemble, sans craindre d'être ouïs. Si, comme l'on n'en peut douter, et comme Élomire l'a lui-même fait imprimer, toute cette comédie se passe dans une place de ville, comment se peut-il que Chrysalde et Arnolphe s'y rencontrent seuls ? C'est une chose que je tiens absolument impossible.

Oriane.
C'est qu'il a oublié à vous dire que la peste était peut-être dans la ville : ce qui l'avait rendue presque déserte, et ce qui empêchait le reste des habitants de sortir de leurs maisons ; mais poursuivez.

Argimont.
Chrysalde est un personnage entièrement inutile : il vient, sans nécessité, dire six ou sept-vingts vers à la louange des cocus, et s'en retourne jusques à l'heure du souper, où il en vient dire encore autant, pour s'en retourner ensuite ; sans que ses discours avancent ou reculent les affaires de la scène. On peut même dire qu'il est bien incivil d'arrêter si longtemps Arnolphe à l'ouverture de la pièce, puisque de toutes les apparences, ce dernier arrive à pied de la campagne, et qu'on le devrait laisser aller prendre du repos. Arnolphe, après avoir, dans cette première scène, fait connaître son humeur défiante et jalouse, jusques au point que chacun sait, dément aussitôt son caractère, en priant Chrysalde de venir souper avec Agnès. Il n'est pas vraisemblable qu'un homme qui craint si fort d'être cocu prie à souper avec sa maîtresse, sans aucune nécessité, un railleur qui semble lui prédire que, s'il se marie, son front ne sera pas exempt de porter ce qu'il craint. »

Jean Donneau de Visé,
Zélinde ou La Véritable Critique de « L'École des femmes », 1663.

Au XIXᵉ siècle : Arnolphe tragique et Agnès fausse ingénue ?
Vérité romantique et erreur d'interprétation

C'est le cri surtout que nous voulons entendre

« Au théâtre, c'est le cri surtout que nous voulons entendre. Cri humain et profond qui émeut une foule comme une seule âme ; douloureux dans Molière quand il se fait jour à travers les rires, terrible dans Shakespeare quand il sort du milieu des catastrophes. »

Victor Hugo, *Réponse au discours de M. Sainte-Beuve pour sa réception à l'Académie française*, 1846.

Moi, je pleure à la grande scène d'Arnolphe !…
Balzac prête à Maxime de Trailles, un dandy, cette vision absolue et romantique d'Arnolphe :

« L'on croit qu'Othello, que son cadet Orosmane, que Saint-Preux, René, Werther et autres amoureux en possession de la renommée représentent l'amour ! Jamais leurs pères à cœur de verglas n'ont connu ce qu'est un amour absolu, Molière seul s'en est douté. L'amour, madame la duchesse, ce n'est d'aimer une noble femme, une Clarisse, le bel effort, ma foi !... L'amour, c'est de se dire : « Celle que j'aime est une infâme, elle me trompe, elle me trompera, c'est une rouée, elle sent toutes les fritures de l'enfer... » et d'y courir, et d'y trouver le bleu de l'éther, les fleurs du paradis. Voilà comme aimait Molière, voilà comme nous aimons, nous autres mauvais sujets ; car, moi, je pleure à la grande scène d'Arnolphe !... »

Balzac, Béatrix, 1839.

Un héros tragique pris au piège de sa passion fatale pour une fausse ingénue, voilà comment le XIXe siècle aime à se représenter Arnolphe et c'est ainsi que le joue Provost, l'un de ses plus grands interprètes.

Arnolphe le pathétique

« Le public a senti à merveille la nuance délicate ; il a trouvé presque pathétique ce qui lui avait toujours semblé grotesque, et peu s'en est fallu qu'on ne pleurât à la scène de jalousie ; des applaudissements nombreux et deux rappels ont prouvé à Provost qu'on lui savait gré de cette interprétation nouvelle et prise au cœur même du sujet. »

Théophile Gautier,
Histoire de l'art dramatique en France, 1859.

Dans la seconde moitié du siècle certains critiques comme Sarcey, des interprètes comme le grand tragédien Talma ou le comique Constant Coquelin se sont élevés contre cette interprétation.

Agnès spirituelle ?

Face à l'innocence absolue d'Agnès, Arnolphe pourrait-il atteindre au même pathétique ? Un Arnolphe tragique semble aller de pair avec une Agnès spirituelle. La raison qui conduisit les interprètes d'Agnès à infléchir le rôle vers la fausse ingénuité tenait pourtant à d'autres motivations, liées à l'amour-propre des comédiennes qui voulaient faire à tout prix valoir leur esprit. Mlle Mars connut ainsi un triomphe jamais démenti. Il faudra attendre Suzanne Reichenberg pour voir triompher à nouveau l'ingénuité originelle d'Agnès.

Agnès est une fine mouche
« Agnès n'est pas si innocente que cela ! C'est une fine mouche qui s'entend parfaitement à duper son jaloux sans en avoir l'air et qui pratique déjà à ravir les charmantes rou018s en usage chez les amoureux. »

D'Heilly, *Journal intime de la Comédie-Française*, 9 juillet 1853.

Si Agnès soulignait sa naïveté, ce ne serait plus Agnès
« Suzanne Reichenberg joue avec tant de naturel et de simplicité qu'on oublie presque de l'applaudir. Une portion des spectateurs ne sent les choses que lorsqu'on les souligne. Mais si la pupille d'Arnolphe soulignait sa naïveté, ce ne serait plus Agnès. »

Auguste Vitu, *Le Figaro*, 2 mai 1873.

Diversité des analyses et multiplication des mises en scènes au xxe siècle
Nouveaux points de vue

Le triomphe de la poésie
« Son théâtre, qui paraît être le triomphe de la raison aux yeux de ses commentateurs, est surtout, en vérité, le royaume de cette merveilleuse déraison qui s'appelle la poésie. »

Entretien avec Louis Jouvet à la Sorbonne, 1951.
Recueilli dans la *Revue d'histoire du théâtre*.

Molière et la comédie disciplinée
« Molière n'a jamais laissé entendre qu'il s'était préoccupé d'appliquer les règles [...] le poète les a lues et il en parle avec compétence. Mais elles ne sont que les moyens de vérifier le verdict du public, et la vérification est au moins superflue, puisqu'elle ne peut être que positive, s'agissant d'une pièce qui a réussi.
La comédie moliéresque n'est pas une comédie *régulière* : c'est une

comédie *disciplinée*. L'astreinte à laquelle elle se soumet n'est pas moins précise ; elle ne jouit pas de plus de liberté ; mais la discipline qui lui donne sa forme naît sur la scène ; ce n'est pas une loi préalable à la composition ; ce n'est point une abstraction ; elle vise à lier des comédiens dans un espace déterminé, entre des toiles peintes, sous des lumières médiocres, devant un public agité. Elle est tout le contraire d'une *harmonie préétablie* : le jeu l'impose. C'était le cas de la *commedia dell'arte* : c'est celui du théâtre de Molière. »

René Bray, *Molière homme de théâtre*, Mercure de France, 1954.

Le cocu, un personnage à double face

« La conscience de ses propres faiblesses amenait [Molière] à considérer l'homme trompé à la fois comme un objet de compassion et comme un objet de moquerie : il le voyait du dehors et du dedans, simultanément, et c'est cette complexité de l'analyse, caractéristique de l'attitude de Molière devant les hommes et devant lui-même, qui donne cette vérité si exceptionnelle, si bouleversante à son comique. Dès *Le Cocu imaginaire*, il présente ce personnage à double face dont l'unité n'est réalisée que par la souffrance, mais d'œuvre en œuvre, il va exprimer cette contradiction avec plus de vigueur, de lucidité et de délicatesse. Les héros de *L'École des femmes* et du *Misanthrope* deviennent bouleversants à force de sincérité [...]. »

Pierre-Aimé Touchard, préface aux *Œuvres complètes*, Seuil, 1962.

L'école du « féminisme » ?

« [Dans *Sganarelle ou Le Cocu imaginaire*] Molière suggérait que la morale et la religion traditionnelles s'accommodaient mal des nouvelles formes de la sociabilité mondaine.

Dans *L'École des femmes*, il allait beaucoup plus loin. Il montrait qu'elles pouvaient devenir les fondements de graves abus du pouvoir masculin. Reprenant une scène que Scarron avait esquissée sans la développer dans *La Précaution inutile*, Arnolphe s'asseyait près d'Agnès et la sermonnait longuement. En toute bonne conscience, il lui disait l'absolue supériorité des hommes, qu'il opposait à l'imperfection et à la dépendance du sexe féminin. Ridicules dans sa bouche, ces propos n'en exprimaient pas moins la pensée de la plupart des maris, de presque tous les prédicateurs, inquiets du salut des descendantes d'Ève, et même de maints auteurs d'ouvrages savants sur l'inégalité des sexes, plus nombreux à reprendre l'idée reçue de l'infériorité des femmes qu'à oser affirmer leur égalité. »

Roger Duchêne, *Molière*, Fayard, 1998.

Nouvelles mises en scène

1936

Théâtre de l'Athénée. Décor de Christian Bérard, mise en scène de Louis Jouvet. Avec Madeleine Ozeray (Agnès), Louis Jouvet (Arnolphe).

La maison d'Agnès est au milieu de la scène avec, devant, un jardin triangulaire. Grâce à un décor mobile les murs s'ouvrent et se ferment à volonté selon que les scènes se déroulent à l'intérieur ou à l'extérieur du jardin. Le décor est coloré. Les récits sont mis en action (Agnès lance le grès sous nos yeux).

1973

Comédie-Française. Décor de Jacques Le Marquet, mise en scène de Jean-Paul Roussillon. Avec Isabelle Adjani (Agnès), Pierre Dux (Arnolphe) et Michel Aumont (Horace).

Cette mise en scène fit découvrir Isabelle Adjani :

« Sans jamais être « bébête », sans jamais « jouer » les petites filles, Isabelle Adjani est, au départ, cette fraîcheur apeurée, avec des grâces un peu maladroites, une spontanéité encore timide, mais qui ne demande qu'à exploser. Il faut la voir sortir pour la « belle promenade » de sa maison-cachot, ceinte de hauts murs, découvrant le « dehors », émerveillée, dansante, mais en croyant encore à peine à cette liberté. »

Pierre-Bernard Marquet, *L'Éducation*, 7 juin 1973.

1978

Théâtre de l'Athénée. Décor de Claude Lemaire, mise en scène d'Antoine Vitez. Avec Dominique Valadié (Agnès) et Didier Sandre (Arnolphe).

La pièce se déroule dans un décor en trompe-l'œil. Les jeux de scène sont animés : empoignades, bousculades, coups... Gestuelle, bruitage, objets, ne sont pas simplement là pour illustrer la pièce mais pour créer une signification et dégager des constantes du théâtre de Molière.

1985

Théâtre de Gennevilliers, mise en scène de Bertrand Sobel. Avec Anouk Grinberg (Agnès), Philippe Clévenot (Arnolphe) et Charles Berling (Horace).

La robe rouge d'Agnès illumine la scène : tout est ici théâtre, de la cape dont Horace recouvre Agnès au rideau pourpre qui dissimule Arnolphe aux yeux d'Agnès.

1989

Théâtre national de Marseille-La Criée. Décor de Nicolas Sire, mise en scène de Marcel Maréchal. Avec Aurelle Doazan (Agnès) et Marcel Maréchal (Arnolphe).

Dans un décor carcéral :

« Maréchal est profondément convaincant en Arnolphe ridicule et douloureux, [en] homme vaincu, qui s'en va par la salle, tandis que tous les autres jouent la fin de la comédie devenue conventionnelle. »

André Cabanis, *Le Monde de l'éducation*, mars 1989.

1992

Théâtre Hébertot. Mise en scène de Jean-Luc Boutté. Avec Isabelle Carré (Agnès) et Jacques Weber (Arnolphe).

La place est immense, le décor dépouillé se métamorphose sous les jeux de lumière qui rendent sensibles le passage du temps et l'évolution des personnages.

Compléments notionnels

Alexandrin

Vers de douze syllabes, comportant une coupe régulière à l'hémistiche (6, 6).

L'alexandrin peut commencer dans une réplique et se terminer dans une autre. Exemples : v. 45, 123, 201 à 205…

Anaphore

Répétition d'un même mot ou groupe de mots en début de phrase ou de vers.

Antithèse

Figure de construction qui établit un lien d'opposition, non de contradiction logique, entre deux termes.

Aparté (masculin)

Réplique ou paroles que le personnage qui ne souhaite pas être entendu de ses interlocuteurs prononce à part lui. L'aparté est le plus souvent signalé par la didascalie « à part ».

Burlesque

Procédé comique introduit en France par Scarron (1610-1660) qui consiste à traiter un sujet noble en termes plaisants, familiers ou triviaux. L'effet burlesque est produit par le décalage entre le ton adopté et le sujet traité.

Bienséance(s)

Respect des usages, du code moral et social du milieu et de l'époque où l'on vit. Les bienséances sont les règles qui régissent les convenances d'une époque. Le théâtre, au XVIIe siècle, se doit de ne pas choquer la bienséance, en ne montrant pas la vie quotidienne sur scène (nourriture, sommeil…), tout ce qui touche à la violence ou à la sexualité (la simple évocation suffit à choquer).

Champ lexical

Ensemble des termes se rattachant par leur sens à une même idée, à un même sentiment.

Comédie

Genre comique non codifié par Aristote, à la différence de la tragédie, qui a de ce fait connu diverses interprétations et évolutions.

De formes variées (en prose ou en vers, en un, trois ou cinq actes) la comédie met en scène des personnages de condition moyenne, dont les tribulations, les vices et les ridicules sont destinés à faire naître le rire du spectateur. Le dénouement est nécessairement heureux et la comédie se termine le plus souvent par un ou plusieurs mariages.

Commedia dell'arte

Genre théâtral qui s'épanouit dans l'Italie du XVIe siècle et connaît en France un succès considérable exerçant son influence sur le théâtre du XVIIe et du XVIIIe siècle. À partir d'un canevas ou d'une saynète, les comédiens improvisent. Les personnages sont en nombre limité et se retrouvent d'une pièce à l'autre : ce sont des types, le plus souvent masqués.

Dénouement

Dernière partie de la pièce, qui comprend l'élimination du dernier obstacle.

Deus ex machina

Littéralement : « le dieu descendu au moyen d'une machine ». Par extension, personne, événement, inespéré et souvent peu vraisem-blable, qui permet a une situation sans issue de trouver un dénouement. Enrique est le *deus ex machina* de *L'École des femmes*.

Didascalie

Toute partie du texte théâtral qui n'est pas constituée par les paroles des personnages et où, s'adressant directement à son lecteur, l'auteur donne des indications scéniques, distribue les répliques des personnages, précise le décor, etc...

Diérèse

Prononciation en deux syllabes de deux voyelles couramment prononcées en une seule émission (le plus souvent, transformation du « i » consonne en « i » voyelle).

Double énonciation

Désigne la structure énonciative propre au théâtre : l'auteur s'y adresse au spectateur par l'intermédiaire des personnages, qui dialoguent entre eux.

Énonciation

Acte de production d'un énoncé. L'énonciation prend place dans le temps et dans l'espace par l'intermédiaire d'un locuteur s'adressant à un interlocuteur. Les marques de l'énonciation sont les indices textuels (pronoms, temps verbaux...) qui permettent d'en identifier les différents paramètres.

Exposition

Au début de la pièce, elle doit instruire le spectateur du sujet de l'action, du lieu où elle va se dérouler, de l'heure où elle commence, du nom, de la condition sociale, du caractère et des intérêts des personnages principaux. Elle occupe généralement la première scène mais peut éventuellement se poursuivre un peu au-delà.

Fabliau

Ancêtre de la farce, florissant aux XIIIe et XIVe siècles, le fabliau est un court récit d'intention comique qui, dans un registre grossier, conte des historiettes dans lesquelles on retrouve les personnages du prêtre paillard, de l'entremetteuse, du vilain cocu...

Entracte

Intervalle de temps entre deux actes : des événements peuvent survenir durant l'entracte, dont le spectateur sera informé à l'acte suivant.

Farce

Petite pièce de théâtre dont on « farcissait » le spectacle. Puis pièce à part entière, en vers ou en prose, qui met en scène un nombre restreint de personnages dans une action linéaire fondée sur un renversement de situation. Le sujet y est emprun-té à la vie quotidienne, les effets comiques appuyés : lazzis, gauloiseries, jurons...

Hyperbole

Figure d'exagération qui consiste à augmenter ou à diminuer excessivement le degré de vérité d'une qualité, d'une impression, d'un sentiment.

Lazzis

Terme de théâtre de la comédie italienne, passé à la comédie française. Suite de gestes et de mouvements divers qui forment une action muette d'un grand effet comique.

Maxime

Texte bref, concis, énonçant une règle morale ou philosophique de portée générale.

Métaphore

Image fondée sur un principe d'analogie qui procède par identification partielle d'un comparé à un comparant. Exemple : les feux de l'amour.

La métaphore est dite *in praesentia* lorsque le comparé et le comparant sont explicités, *in absentia* lorsque le comparé est sous-entendu.

La métaphore est filée lorsqu'elle se développe sur plusieurs mots, voire plusieurs phrases.

Les métaphores éteintes sont des

images usées qui sont devenues des clichés.

Monologue (au théâtre)

Au Moyen-Âge, pièce de théâtre à un seul personnage. Puis scène où un personnage seul ou se croyant seul exprime à haute voix ses pensées et ses sentiments.

Pathétique

Qui suscite une intense et vive émotion, pouvant aller de la tristesse à la douleur.

Pastiche

Imitation du style d'un auteur ou des traits propres à un genre.

Parodie

Réécriture d'un texte par un autre auteur qui, tout en rappelant les traits de son modèle, en modifie l'intention et la portée, dans une visée le plus souvent critique ou railleuse.

Panégyrique

Éloge public d'une personne (ou d'une œuvre).

Péripétie

Au singulier, ce mot désigne, au sens d'Aristote, le renversement final de la situation auquel correspond le dénouement.

Au pluriel, il désigne, à partir du XVIIᵉ siècle, les renversements de fortunes qui interviennent au cours de l'action : incidents inat- tendus qui rompent une attente, déconcertent un plan ou un dessein, ruinent une précaution.

Pointe

Formule brève et synthétique comportant une image, une anti- thèse ou un jeu de mots rehaussant la vivacité du propos afin de frapper l'imagination de l'interlocuteur.

Préciosité, précieuse

La préciosité désigne à la fois un phénomène de société et un courant esthétique, tous deux fondés sur la recherche de valeurs élevées : la distinction, la délicatesse de l'esprit, du cœur et de la conversation. L'aspect mondain de la préciosité s'illustre dans les salons et les ruelles où des dames de qualité reçoivent des hommes de lettres avec lesquels elles aspirent au raffinement de la relation amoureuse comme à celui du langage et des bienséances.

Les romans de Mademoiselle de Scudéry (*Le Grand Cyrus, Clélie,* où figure la célèbre *Carte de Tendre*) traduisent la modernité de pensée et la virtuosité stylistique cultivées par les précieuses.

Quiproquo

Méprise qui consiste à prendre une personne, une chose, pour une autre, à comprendre un sens pour un autre.

Règle des trois unités

Elle a été résumée par Boileau dans son *Art poétique* (III) :

Qu'en un lieu, en un jour, un seul fait accompli,

Tienne jusqu'à la fin le théâtre rempli.

– L'unité de temps

Elle vise à limiter l'écart entre le temps de la représentation (deux à trois heures) et le temps de l'intrigue (qui peut durer plusieurs jours, semaines…). Pour cela, l'action représentée ne doit pas excéder vingt-quatre heures.

– L'unité de lieu

Elle découle de l'unité de temps. La scène ne doit représenter que des lieux où les personnages peuvent vraisemblablement se rendre en une journée. C'est pourquoi le lieu sur la scène devra être unique et représenter l'endroit précis où se déroule l'action : un palais, une place…

– L'unité d'action

La pièce doit être centrée sur une seule action à laquelle les éventuelles intrigues secondaires doivent être subordonnées.

Registre de langue

On distingue généralement quatre registres de langue : soutenu, courant, familier, argotique.

Les registres de langue peuvent être diversement interprétés au théâtre : comme une imitation du langage oral, comme une caractéristique du parler d'un personnage…

Sentence

Pensée morale ou philosophique énoncée de façon concise et percutante.

Théâtre dans le théâtre

On parle de théâtre dans le théâtre lorsque les personnages d'une pièce entreprennent de jouer un rôle et de se jouer la comédie.

Tirade (au théâtre)

Longue réplique ininterrompue d'un personnage, qui comporte une unité thématique.

Tragédie

Pièce le plus souvent en cinq actes et en vers, mettant en scène des héros de rang élevé confrontés à la fatalité, et dont le dénouement malheureux coïncide le plus souvent avec la mort d'un ou de plusieurs personnages. Au XVIIe siècle, la tragédie est strictement codifiée.

Vraisemblance (règle de la)

Est vraisemblable ce qui paraît vrai, ce qui ne choque pas la logique réaliste. La règle de la vraisemblance s'applique à tous les aspects de la pièce : l'action, le cadre, comme le caractère des personnages.

Sur le XVIIᵉ siècle

Histoire

François Bluche, *Louis XIV*, Paris, Fayard, 1986.

sous la direction de François Bluche, *Dictionnaire du Grand Siècle*, Paris, Fayard, 1990.

Claude Dulong, *La Vie quotidienne des femmes au Grand Siècle*, Paris, Hachette, 1984.

Georges Mongredien, *La Vie quotidienne des comédiens au temps de Molière*, Paris, Hachette, 1966.

Histoire littéraire

Paul Bénichou, *Morales du Grand Siècle* (1948), Paris, Gallimard, coll. Folio Essais, 1988. Un chapitre sur Molière.

René Bray, *La Formation de la doctrine classique en France* (1927), Paris, Nizet, 1963.

Antoine Adam, *Histoire de la littérature française au XVIIᵉ siècle*, Paris, Domat, 1952.

Langue

Jean Dubois, René Lagane, Alain Lerond, *Dictionnaire du français classique*, Paris, Larousse, 1988.

Pour lire le théâtre

Gabriel Conesa, *La Comédie de l'âge classique*, 1630-1725, Paris, Le Seuil, 1995.

Pierre Larthomas, *Le Langage dramatique* (1972), Paris, PUF, 1980.

Jacques Scherer, *La Dramaturgie classique en France*, Paris, Nizet, 1954.

Anne Ubersfeld, *Lire le théâtre*, Paris, Éd. sociales, 1977.

Anne Ubersfeld, *L'École du spectateur*, Paris, Éd. sociales, 1981.

Molière, vie et œuvre

René Bray, *Molière, homme de théâtre*, Paris, Mercure de France, 1954.

Roger Duchêne, *Molière*, Paris, Fayard, 1998.

Ariane Mnouchkine, *Molière ou La Vie d'un honnête homme*, 1978 (2 vidéocassettes, Polygram vidéo)

Critiques et mises en scènes de *L'École des femmes*

Georges Mongredien, *La Querelle de « L'École des femmes »*, recueil des comédies du XVIIᵉ siècle en relation avec *L'École des femmes*, 2 vol., Paris, Didier, 1971.

Michel Corvin, *Molière et ses metteurs en scène d'aujour-d'hui*, Lyon, Presses universitaires de Lyon, 1985.

Maurice Descotes, *Les Grands Rôles du théâtre de Molière* (1960), Paris, P.U.F, 1976.

Louis Jouvet, *Molière et la comédie classique*, choix de cours donnés par Louis Jouvet au Conservatoire national d'art dramatique, Paris, Gallimard, 1965.

Vidéocassette de *L'École des femmes*, un film de Raymond Rouleau, avec Isabelle Adjani et Bernard Blier, 1973.

CRÉDIT PHOTO : p. 6,,»Ph. Jean-Loup Charmet. © Archives Larbor.» • p. 13,,»Ph. © Archives Larbor. / T.» • p. 21,,»Ph. © Lipnitzki. / T.» • p. 34,,»Ph. © AgnÈs Courrault/ Enguérand.» • p. 36,,»Et reprise page 8. Ph. © Giraudon. / T.» • p. 96,,»Ph. © Lipnitzki-Viollet. / T.» • p. 108,,»Ph. © B. Enguérand. • p. 119,,»Ph. © Enguérand. / T.» • p. 135,,»Ph. © Jean- Loup Charmet. / T.» • p. 152,,»Ph. © Alain Sauvan / Enguérand. / T.»

Direction de la collection : Pascale MAGNI.
Direction artistique : Emmanuelle BRAINE-BONNAIRE.
Responsable de fabrication : Jean-Philippe DORE.

Compogravure : P.P.C. – Impression : MAME. Nº 99012264.
Dépôt légal : 1ʳᵉ édition août 1998. Dépot légal : février 1999.